最不懂爱时遇见你

ZUI BU DONG AI SHI YUJIAN NI

王昀光／著

大连出版社
DALIAN PUBLISHING HOUSE

图书在版编目（CIP）数据

最不懂爱时遇见你 / 王昀光著. —大连：大连出版社, 2014.4
ISBN 978-7-5505-0621-3

Ⅰ.①最… Ⅱ.①王… Ⅲ.①长篇小说—中国—当代 Ⅳ.①I247.5

中国版本图书馆CIP数据核字(2014)第007207号

出 版 人：刘明辉
策划编辑：卢　锋
责任编辑：卢　锋　檀　月
封面设计：林　洋
责任校对：尚　杰
责任印制：阎　骋

出版发行者：大连出版社
地址：大连市西岗区长白街10号
邮编：116011
电话：0411-83620401　0411-83621075
传真：0411-83610391
http: // www.dlmpm.com
E-mail：lf@dlmpm.com
印 刷 者：大连美跃彩色印刷有限公司
经 销 者：各地新华书店

幅面尺寸：170 mm × 230 mm
印　　张：12
字　　数：167千字
出版时间：2014年4月第1版
印刷时间：2014年4月第1次印刷
书　　号：ISBN 978-7-5505-0621-3
定　　价：24.00元

自序

ZI XU

在对的时间遇到对的人，这是童话；在错的时间遇到对的人，这是青春。

这是我的第二本书，你们会是我遇到的“对的人”吗？

其实，我厌恶那些无病呻吟的文字，我讨厌讲官话套话客气话，比如，有人会把喜欢上一个姑娘这件事写成“再厚的镜片也无法过滤我痴傻的心情，它正以最温柔的波段荡漾向你……”对不起，这样的Style我来不了，我只会轻描淡写：“林未未是一服春药。”

你可以说这部小说“俗”，我试图记录80后屌丝们有血有肉真实无比的生活，貌似另类，比如纠缠在“两个相亲相爱的人干吗非要用结婚来折磨自己？”这样离经叛道的命题上。可是，细心的人也许不难发现躲在痞气文字背后的些许伤感。谁不渴望最纯粹的爱情，可无情的事实是：我们总是在最不懂爱情的时候遭遇了最美丽的爱情。

现在的我们，穿梭在钢筋水泥之中，游走于觥筹交错之间，在沽名钓誉中聊以自慰，在虚情假意中欺骗自己；有时候我们不知道自己的哪句话是真情流露，有时候我们会在“房子和人究竟哪个更重要”这样简单的问题中纠结，甚至不知道今宵酒醒何处；可是，我们依然知道，那些曾经春光明媚的爱情会让我们在某一个纸醉金迷的夜晚突然义正词严，突然两眼放光，突然呆坐思索，突然泪流满面……

我随心所欲地写，肆无忌惮地说，试图以此标榜自己的不装，但也许太用力了，结果却适得其反。那就这样吧，这大概正是我们这一代人的真实状况。

对不起，我是个俗人，但如果你也是，Come on!

王昀光

2014 年 2 月

目录
MU LU

引 001

一 002

拥她入怀那一刻，我醉掉了，就像一个喝酒多年酒量惊人的老酒鬼有天只喝了一口酒就醉了。

想一想，这酒该有多美。

二 011

既然曾经爱过，又何必真正拥有？！

三 016

“好了，蓝女，你别说了，你听我说一句话好吗？我说完之后你就什么都明白什么都释怀了，你一定要听我一句忠言好吗？”我打断了蓝女的话冷静而温和地说。

“那你说啊。”

四 022

每每此时我都恨不能砍掉自己的双手（虽然从理论上讲这不可能做到），因为无助时我只习惯给未未打电话。

五　029

射手座的林未未，在一个雪天里出生，没想到她撒向人间的
都是冰雪的冷酷，当然，撒向那个人的却是热情的阳光。
我是夏天出生的双子座，双子天生就是要去融化射手
却总被伤透心，射手真的是双子的克星。

六　036

“你小子就是牛呗，万人迷啊。”
“唉，”我叹了口气，“可惜林未未这个妞不在这一万人之列。”

七　046

“你自己注意点，别放弃最好的，去追求那些
没有价值的东西。”未未冷冷地说。
“你的意思是你是最好的？”
“我是提醒你，你是个聪明人。”
“从和你恋爱之后就不是了。”

八　053

现在的人结婚太草率了，用几个月就决定了一辈子
唯一的爱人，然后再用一辈子去遗憾。

九　061

两个相亲相爱的人干吗非要用结婚来折磨自己？

十 069

我的收入绝对属于中高端，但我出门不敢买新衣服，能坐公交车绝不打的，吃顿饭犹豫再三还得去吃拉面，吃拉面还得要小份的，只要一个茶蛋。

十一 079

林未未就是牙疼，谷矜就是止痛片。

十二 084

快乐的回忆是最痛苦的。

十三 090

我们悲哀着爱人爱上别人的根本原因是我们太爱自己了，占有欲太强了……

十四 097

爱来爱去，才发现我们爱的其实是自己。

十五 103

我好像中了情花之毒，每每想起未未就会痛不欲生，可是却没有解药，唯一的解药是断肠草，同样剧毒无比。

十六 111

当时我就觉得未未很诡秘，但又不知道为什么。

唉，很快，我就知道了答案。

十七 116

用三个月就决定自己命运的人，命运也用三个月结果了他。

十八 122

在火车站看到我时未未显得异常热情，

甚至给了我一个熊抱，好像分别了几年的情侣。

这种热情十分可怕十分反常。

十九 130

夜色又变得美起来，一个智商渐渐趋近零的男人居然觉得

这样的夜色也算作美，这样的语言也发自肺腑，这样的

女人还像当年那样为自己疯狂。

二十 135

我是李狂啊，那个笑傲情场少女少妇

师奶师娘贞女烈女处女豪放女通杀的

大情圣啊，我会输吗?

二十一 145

我的报复计划就像七伤拳，骗了别人也伤到了自己。我说的每一句话都是故意在作假，可是事后我怎么想怎么觉得那是真的，我甚至想就让自己糊涂下去吧。

二十二 151

可是，我做梦也没有想到，半个月后这份诊断书居然出现在了未未的手里。

二十三 155

我转过头去，狂奔，没有回头，夜色蒙蒙，泪水，让我的世界一片模糊……

二十四 165

爱情能让人忘记时间，时间也能让人忘记爱情。

二十五 172

“李狂，现在只有你才能帮助我了，帮我其实就是帮你自己啊。你不会眼睁睁地看着你的情敌和你最爱的人舒舒服服地过日子吧？”

二十六 178

我仰望天际，那一刻我真的看到了星星……

引

夜，黑暗模糊，却明亮刺眼。

不知分手多少天了，不知她现在怎样，不知方向，不知酒量，更不知，今宵酒醒何处。

刚才我被一个美女打了一巴掌，其实不怎么疼，就是感觉火辣辣的，嘴角还有点咸，他们说我流鼻血了。是的，就是被眼前这个野蛮美女打的，但千万别以为我非礼了她，告诉你哥们儿我就不是那种人，这种没技术含量的活儿对我这种有型有款的帅哥来说是绝对不会做的。

我真不是有意的，要是我单身还有可能，唉，我他妈本来就单身，都忘了自己已经被甩了。

一个脸上有刀疤的男人再次冲了过来，大军他们几个把他拦住了。我理解他，换了我，我也急啊，谁让我吐了他身旁的美妞一身呢。

他们在撕扯着、劝解着，我才不管呢。

爱谁谁!

我只愣愣盯着打我的那个一脸傲气全身着黑的小妹妹，醉眼蒙眬中我好像看到她胸前露出一片性感的白，还有白嫩嫩的小脸，其他部分都是黑色。

后来大家一度怀疑小辣妹那个巴掌并没那么狠，那只是表象，遮掩了我见到美女后流了鼻血的事实。

我踉跄着拽着哥们儿们，一脸贱样地说：“让，让他们走，能被这样的美女打，咱赚，赚着了。就，就当春节礼物了。”

美女谷矜嘴角露出一丝不易察觉的微笑，一把拽住还在不断朝我蹬腿的刀疤脸的胳膊，委婉又尖锐地说：“算了，打一巴掌他也知道我小谷的厉害了。”

刀疤脸伸出中指指着我，瞪着明显喝大了的死鱼眼骂道：“以后你他妈喝完往厕所吐去，再有下次弄死你。”

我微笑暗笑又冷笑着，眼睛却依旧放肆地盯着风姿绰约的谷矜。她多像林未未啊，又辣又正，又美又白，又骚又纯，又瘦又大，如果不是那一巴掌还显得略有点羞涩，如果她姓林，我肯定会认为是未未的妹妹。

林未未，林未未，林未未，仅仅这三个字，就足以划烂我的心……

拥她入怀那一刻，我醉掉了，就像一个喝酒多年酒量惊人的老酒鬼有天只喝了一口酒就醉了。

想一想，这酒该有多美。

一

三年前。

我还是个不知糖甜醋酸的非普通非文艺青年（其实现在也是），我和林未未在大学里相互暧昧了四年，毕业又磨叽了好几年，才终于让她对外承认我是她的——好朋友。

靠，男人靠“朋友”来接近女人，女人靠“朋友”来拒绝男人。

我们俩老是合不上拍，开始我仗着有点小聪明，使得她对我相当有好感，可惜兄弟我一不小心装大了，等我回过头来冲她笑的时候，她貌似已经抛开对我的那点好感了。后来经历了社会上那些臭男人后她好像又觉得我还不错，可是我却再也没有学校里的那些勇气了，我一个穷小子根本不敢面对这个真正的大美女。以前我还敢对她说我“MONEY 有限，魅力无穷”，她听完哈哈大笑。但现在可不敢这么说了，走进社会，才知道现实的无情和无奈。

毕业之后，林未未出落得从外表上看简直没啥可挑的：身高是大多数男人最舒服的，头能靠肩，吻不用哈腰（我猜的，并很想证实一下我的猜测）；体重是大多数男人最喜欢的，没有赘肉但摸起来手感肯定不错（我想象的）；皮肤白里透着那个红啊；身材该大则大该小则小；尤其那双眼睛，仿佛有无尽的衷肠要对你诉说。男人们见了她就像饥饿的人扑在面包上，高尔基扑在闲书上一样。我呢，也就长得帅一点，世俗的眼光聪明一点，除此之外什么都没有。我想我靠的就是不在乎，或者装作不在乎，所有男人都对她献殷勤，我不怎么屌她，也许就是靠这个引起了她的注意。林未未属于80后的前面，还算有点羞耻感的最后一代人，也是全中国最后一批年轻时在乎人比在乎钱更多一些的女孩。

当时追她的男人简直可以组成一个建筑队了。我，唉，就是无法鼓起勇气，同事说我是王老五，但其实我是一个没有钻石的王老五。所以，我磨蹭啊磨蹭，直到有一天未未跟我说她有男朋友了，而且这个人很有钱。

我的火噌一下就上来了，但人反而更放开了，憋着劲儿想看看对方是个什么人物，要是王力宏那样的我就跟他拼脑子，要是个富二代，我就跟他比长相，要是个像王力宏那样的富二代，我就……我就去死。

天助我也，其实我也没想到，居然是那个酒局搅了局。未未的同事兼死党兼同居好友蓝女去相亲，两人谈着谈着那个男的非要请吃饭，蓝女打电话把未未叫上了，未未又叫上了我。我说你让你男朋友陪吧她说废话我男朋友有事，不然你以为能轮到你啊。我一听就火了，我也是有尊严的啊，所以马上断然——答应去了。谁知道就在那天出事儿了，摊上大事儿了，当然现在想想，不知道老天是助我还是害我。

开始时，饭吃得挺没劲的。那男的叫王志彪，人如其名彪乎乎的，大概老爸是个土财主就老认为自己是富二代，招牌动作是把自己的裤腰带往上提。首先映入我眼帘的就是那一肚子的游泳圈啊，但蓝女最先注意的却是腰带上的爱马仕。

越喝兴致越高，王志彪见到未未和蓝女当然表现得很嗨，蓝女越喝越多是因为在幻想自己马上就是大S了，但可惜眼前的“富二代”不是汪小菲只是“王小肥”。

借着酒劲，我很认真且大胆地去瞅林未未，然后夹了口水煮鱼，狠狠地吞了下去。

未未说：“看个没完了？真没看过美女啊。”

“我在看怎么会有男人不开眼做你的男朋友。”

蓝女非要插一杠子：“李狂，你是不特失落啊？”

“看出来了？没错，我是特失落，替那个男的失落。”

“哎哟喂酸啊，服务员来盘饺子，现成的醋啊。”蓝女说。

我不屑地问：“怎么，金屋藏娇啊，不敢领给姐妹们看看啊。”

“怕吓着你，怕你看着他，自己都不好意思找女朋友了。”

“哼！”

“哼！”

酒喝得很尽兴，主要是局主王志彪着实有兴致，蓝女更是欢喜得要命，我和林未未各怀鬼胎又毫无顾虑，所以大家敞开了喝。几箱啤酒之后王志彪提出要去酒吧再喝，未未说你们去吧，我说那我送你回去吧，蓝女给未未耳语了几句就走了。

“你的酒量太差了，一点也不爷们儿。”林未未居然率先挑衅我。

“你怎么知道我不是爷们儿？”

“你是？”

“要不你试试？”

“靠，你不服是不是，我，我，我们再喝。”一向字正腔圆的未未，舌头都有点打卷了。

“你男朋友不会吃醋吧。”

“你怎么那么多事啊，你害怕？”

“谁怕谁啊，我是怕你男朋友害怕。我魅力这么大，他要是看见我还不得找个地缝钻进去啊。”

“切！自恋狂。”

“切，实事求是而已。”

眼前有一个酒吧，居然叫“诺亚方舟”。

我爱情的末日已经来了，上船后我能得救吗？

“李狂，你不是信佛吗？色即是空，空即是色啊，以后别那么色。”

“那，我想空一下。”

“哈哈哈……”

我们俩放肆地在喧闹的酒吧狂笑，一个个空瓶被美女服务员收走，荷尔蒙渐渐暗潮涌动。我和林未未吃饭喝酒也是常有的事儿，我心存顾忌所以从来没出过事儿。可是今天我万万没有想到，就在这个小小的酒吧，偶遇了一个人，因为这个人，林未未做了一件事，并因此给我带来了无尽的烦恼和甜蜜。

酒吧拐角有人在高谈阔论，有人在色眼迷离，有人在劝酒，有人在摇头晃脑，还有个小子吐得满嘴疑似黄绿苦胆汁，跌跌撞撞地朝我们俩走来。

未未脸红起来，猛地站起来说要去趟卫生间就想匆匆离开，可是苦胆汁已经走过来了，样子很绅士：“未未，这么巧啊。”

那小子一脸早泄相地站在那里，未未无奈只好指着我说：“这是我朋友。”又指着苦胆汁对我说：“这是我朋友。”

我和苦胆汁相互对望了一下，这个人看未未的眼神相当异样，充满了爱恋和怨恨，同时还有一些无奈，像极了一些人看自己买不起的房子时的神情。我的小聪明举世无双啊，立马开始算计着这个人是谁，可能是追求者，但眼神里的爱恋太盛，一定是两个人有过点什么。难道是前男友？啊！我灵光闪现马上反应到这个人也许就是未未嘴里提到的“男朋友”，而这个“男朋友”看到我和未未在一起也只有无奈和怨恨而没有生气，那是因为他没有权利生气。所以，也许他只是名义上的，未未根本不爱他，他们根本就不是真正的男女朋友。我为自己关键时刻敏锐的观察力而沾沾自喜。

“不是你男朋友吧，未未？”那小子眼神异常闪烁，诡秘中居然带有几分绝望，这更坚定了我的猜想。

“你好，”我很礼貌地和苦胆汁握手，“你是我的前任吧。”

一语既出，未未和苦胆汁立马同时用惊愕的眼神看着我，而我波谷不惊面带微笑，直视我的“前任”，未未凶恶的眼神略带一丝不易察觉的甜蜜（我也没察觉到，猜的）。

苦胆汁显然就一凡人，听到这话眼睛不停地在我和未未身上切换着，乱了方寸。作为情场神仙，我暗自一笑，开始使用法力。

是的，我这样的情场大师怎会错过这个整晚难逢的好机会呢，可惜我和林未未坐对面，搂不上，但我还是顺势摸了一下未未的脸。滑滑的皮肤，唉，是男人就该上她，我是说，是男人就该上她的化妆品盒子里去看一看人家都用什么护肤品，好给自己媳妇也买，因为她的皮肤简直太性感了。未未开始还下意识地躲一下，但之后就配合地任凭我的手胡来。

我边摸边含情脉脉地看着未未，并淡定地扔给苦胆汁一句话：

“我们才刚刚开始，我有很多地方做得不好，还请你多多指教啊。要不兄弟你也坐啊，我们来喝一杯？”我说这话的时候一脸平静，唠家常一样，但却如核弹般摧毁了区区凡人苦胆汁。

未未眼睛略动了一下，低着头不敢看苦胆汁。

苦胆汁挤出一丝苦笑，貌似大度地重重拍了拍我的肩膀：“兄弟，先干为敬！”说完自己居然吹了一瓶啤酒，然后狠狠放下瓶子跌撞而去，好像还绊到了端着盘子的女侍者。

“谢谢啊，我希望我永远都不会吐成像你这样。”我只喝了一小口酒，坏笑着望着他的背影说。

“我们其实不算谈过恋爱，别人介绍的，我只是想相处看看而已，我说分手他就无法忍受了。”未未像是自语，但马上又反应了过来说，“我跟你解释什么啊，你是我什么人啊，搞笑。”说完自己喝了一大口酒。

我就这样微笑着看着她，什么话都没说。她一向冷静，此时却有些慌乱，难道，难道她真的对“MONEY 有限”的我还有那种感觉？

“那你每天一口一个男朋友的，都分手了，装什么啊你。”等未未冷静下来后我对她说。

“我选谁做男朋友是我的自由，你要是不服，我马上把他叫过来，宣布他还是我男朋友。”

“拉倒吧你，你就这品位啊，你要找也得找个像我这样淡定、遇到大事不慌的啊。”

“呸，我在你面前说他是我男朋友就是因为你太差了，我拿个挡箭牌挡你的，让你自己受不了滚一边儿玩去。”

“现在的事实是我成了你的挡箭牌了。干吗啊你，不喜欢就放弃呗，老拽着人家，你这样的女人最狠毒了。”我喝了一大口酒。

“滚，你还嬉皮笑脸的，你拆散了我们啊。”

“是啊，就是拆散了一对不相爱的人。作为新任男友呢，我希望你感谢我的方式是以身相许。”

“呸，刚才我就想打你，你占我便宜。”

“我罚酒。”我一把抓住了未未打过来的手，啧啧，细皮嫩肉的，这娘儿们脸居然红了一下，却直接甩开了我，顺势抬手喊侍者：“再来四瓶。”

“别别别。”

“怎么，你怕了？你也会怕啊？”未未嘲笑我。

“我是说，四瓶怎么够啊，再来一箱。”我还是坏笑着。

“李狂，你知道吗，我就是喜欢你身上的那股子痞劲和狂劲，你说你怎么起这么个名字啊哈哈。”未未越喝越有点肆无忌惮。

“我听着这意思你不是把刺激当爱情了吧，我擅长给女人刺激，但不一定是爱情，其实我瞧刚才那小伙儿挺好。”

“李狂你这个孬种，你知道吗，我喜欢一个人绝对不看他的钱包，看他的为人。你的脑子，我的外表，我一定要和你生个孩子，我们的孩子肯定他妈的天下无双。”林未未在人声鼎沸的酒吧里放肆地挥舞着双手，面朝天花板吼着。

我惊讶地看着她，这算示爱吗？林未未跟我示爱？不过又一想，这也很正常，也许我惊讶的不是林未未喜欢我，林未未对我有好感这件事是很正常的，我惊讶的其实是林未未居然可以直接说出来。

未未的暗示越来越明显，甚至已经是赤裸裸的明示了，但我却开始害怕，怕有一天会情不自禁，怕有一天我也会连苦胆汁都吐出来了。是不是被戴绿帽子之后身体一定也要交出一些绿色的东西，比如绿色的苦胆汁。

唉，当时我怎么会想到今天的苦胆汁就是三年后的我。

如果知道结局，我们还会相爱吗？三年后我不停地问自己。

我泡妞至少有一个原则，那就是我可以控制，该黏时像糯米，该踹时像泼水。可是眼前这个娘儿们怎么越来越像英语，想得到却又无法控制。

一头色狼居然对美人惊恐了，就像一头猪在上好的饲料前瑟瑟发抖。

“我送你回去吧。”

“不，今天晚上我要和你在一起。”林未未疯了。

“蓝女都睡了吧。”

“她今天根本不回去。”

我的心动了一小下下，蓝女不回去的真是时候啊。

凌晨两点，我们俩在大街上撕扯着，我说你给我回家去她说不我说你再不回我就抱你回去她说不行还拼命挣脱我。

一堆出租车司机老往我这儿看，靠！看什么看，明明是这女的性骚扰我的啊。

“那去你那里吧。”我说。

“Taxi。”听了这话，未未好像醒酒了一样，立马扬起了手。

未未大概胃难受，在车上翻来覆去，我则掂着一枚硬币翻来覆去。

正面留下反面走人，咦，怎么老是反面啊，再来一次……

未未和蓝女合租的房子门口静悄悄的，静到能听到鼾声。

"我要走了。"我缓缓地回头走人，动作慢得夸张。

"不，送我上去。"

"我怕。"

"我不是老虎。"

"我怕我会控制不了自己。"

我握着那枚永远反面的该死的硬币头也不回。静静的夜，有辆出租车一直在跟着我，我不知道自己为何总不上那辆车而是一直步行前进。

如果她哭了该怎么办啊，如果她冷了怎么办啊，她忘记带钥匙了怎么办，哎呀坏了，这么晚了，楼道那么黑，遇到坏人怎么办啊。我虽然受用不起这样的美女，但作为绅士要送人送到底啊，尽管我根本不是什么绅士。

想到这儿我毅然回头，没想到，这成了我之后几年里最后悔的一次回头。

眼前的画面很迷人，或者说很性感。夏风习习，绸缎一般的月光下，一个黑衣黑裙的小美女柔柔弱弱地坐在大楼门口掩面而泣，哭得好投入，委屈得像被人夺了最心爱玩具的孩子。夜色很迷乱，月亮用性感的姿势妩媚地看着我们。

我紧走几步站到她身旁，双手扶住她的肩膀，刚想说我送你上去吧，她却抬起头猛地扑到我怀里。怦！我的心跳便在瞬间加速到极限。

拥她入怀那一刻，我醉掉了，就像一个喝酒多年酒量惊人的老酒鬼有天只喝了一口酒就醉了。

想一想，这酒该有多美。

真的醉了，仅仅她的发香就足以让我沉醉。

相拥上楼。

“我给你讲个笑话吧。”我提议，我想这也许可以缓解我男性荷尔蒙的狂野膨胀。

“如果我不笑，你今晚就不许走。”

这是我经常勾引小姑娘的保留笑话之一，虽然老套，听笑话者多半也早已听过，却屡试不爽。其实这种情形我已经根本不需要再用这种笑话来勾引未未分开双腿，但我还是忍不住讲了：“由于房间紧张，有同出差的一女和一男住在一间房一张床，女的在中间划了一道线，说：‘你晚上要是越线就是禽兽。’第二天早上，男的果然没有越线，女的气呼呼地打了男的一耳光，怒道：‘禽兽不如！’”

刚讲完我就后悔了，这种笑话只会让心绪更乱事情更糟荷尔蒙更肆虐，但我话音刚落，一件意外的事彻底征服了我。

未未在听完这个笑话之后的 0.01 秒，就猛地站起来恶狠狠瞪着我紧接着用迅雷不及掩耳盗铃之势拼命地给了我一巴掌，当时她的屋子拉着厚厚的窗帘，但我发誓那一刻我看到了星星。这一巴掌我肯定终生难忘，以至于多年之后酒醉在大街上的我被谷矜狠狠地打完之后，恍惚有种未未瞬间又回来了的幻觉。

最要命的是，打完之后未未还发狂般跟了一句话：

“禽兽不如！！”

说完拉着被子自己躺下了，还隐隐露出雪白的肩膀和让人鼻血直喷的大腿。

可是，没用的，她不知道我真的是个柳下惠，我拥有让人惊叹的自控力。不过，我呆呆地坐了三秒钟，霍然起身，奔向门口——哆嗦着把门插死并关掉电灯，之后摸上了床，悄悄地在未未耳边说了句：“禽兽来啦！”

……

既然曾经爱过，又何必真正拥有？！

二

“我们会结婚吗？”这是未未醒来后问我的第一句话。

我猛地一激灵。

睡觉跟结婚有什么关系！

我不过犹豫了几秒，未未的泪就下来了：“男人根本没好东西，得到了就不珍惜了。”

结婚？没想到，连林未未这样的女人也不能免俗。

我的专业就是油嘴滑舌见风使舵，可唯独女孩问我结婚时我会语塞。

但我很快反应过来了，我问：

“我若娶你你会嫁吗？”

未未把身体转过去，我从后面抱住她，手指在她滑滑的皮肤上摩挲着：“怎么不说话？”

“我困了。”未未一把扔开我的手。

“唉，”我假装长叹道，“一提结婚你就困啊，昨晚那精神头儿哪儿去了？那句话怎么说的来着，爱情让人睡不着，婚姻让人打瞌睡啊。”

“少来这一套。”未未转过身子，“还被你反咬一口啦，我问你结婚就是试探你是不是真的爱我。”

“真的爱你就一定要娶你？”

“去死！”未未又气呼呼地想要转过去。

“真的爱你才不会娶你，因为怕你受苦。”我叹了口气。

“你自私。”

“你也一样其实。”

我希望她裸露身体，她希望我裸露心灵，其实我们俩都裸露了，我说的句句发自肺腑。

短暂的沉默。

我点上一根烟深吸了一口，未未又把身体转过去了，给了我一个性感的背，但她眼睛睁得大大的。

唉，我暧昧了多年的林未未居然和我上了一张床，简直都不敢想。可我转念一想又有什么呢，也许林未未做梦都在想着把我拿下呢。我没钱没房没车，可要是林未未真的不在乎呢？唉，可是，她能不在乎多久呢？一想到这儿，我就又犹豫了。

“要不，你做我暂时的女友吧，我们，还得互相考查考查。”我说了一句很伤人的话。

“其实，我，我昨天喝多了。”见未未没有反应，我接着补充，我真的怕自己越陷越深，所以把这份情感消灭在萌芽中吧。

“要不是你打我，我，我是说，也许我们只是419，你明白吧，就是for one night……”

未未身体动了一下，还是没说话。

我接着絮叨：“我知道你有很多男朋友，不，有很多男人喜欢你，你知道我嘛就是有点小聪明，没房子没车子也没什么钱，我……”

我还没嘟囔完，未未一下子坐起来。我下意识地捂脸，但她扬起的手并没有打下来，而是猛地把盖在我俩身上的毛巾被掀开，我终于在雪白之中看到了一片红色。我靠，老天，你不是吧，在开玩笑呢，我真心以为是黑木耳的结果却是红罂粟？

我轻轻地把被子盖上，将未未紧紧地紧紧地搂在怀中，任凭她在我胸脯上泪海奔流……

这种情况换了你会怎么办，毅然起身拂袖而去？一炮走“红”，一炮走红啊，我做出的选择不过是一个正常男人应该做出的选择，一个再正常不过的选择，我是男人，OK？所以我无法抗拒。这辈子你能遇到几次天上掉下500万彩票砸到你面前的事，如果遇到了又能有几个人冷笑一声把它撕掉继续赶路？

对不起，我可不是精神病。

那个时候我耳旁涌响起的只有童安格略带沙哑、沧桑的声音：既然曾经爱过，又何必真正拥有你……

管不了那么多了，什么未来啊明天啊统统滚蛋吧，我没有钱，林未未有天也许会变心，但我管不了那么多了，我现在有感觉，我只要现在！

既然曾经爱过，又何必真正拥有？！

过程，不就是最好的结果？

“未未，我爱你。”

“我也爱你。”

“未未，我要娶你。”

“别勉强，我也不是没人要。”

“我要勉强，即使你不想嫁我，我也会勉强你嫁我。”

“你说你怎么那么会说话。”

“我实事求是。如果你认为我说话好听，绝对不是因为我会说话，而是因为我实事求是说真话。”

“你对别的小姑娘也这样吗？”

“我对我爱的所有小姑娘都这样。”

未未噘嘴。

“但是目前为止，你是唯一一个我爱的小姑娘。”

“油嘴滑舌。”

“虽然我有些担心。”

“你的担心是？”

“我没钱没房没车，虽然只是暂时的。”

“可是你有爱有才华有梦想，希望不是暂时的。”

“未未，我爱你。”

“李狂，我也爱你。”

“未未，你为什么这么好？”

“李狂，你为什么那么幸运？”

“未未，我一定要买房子。”

“李狂，我不是一定要你买房子，我也有手有脚，我们一起奋斗吧。”

“未未，我一定要给你买一座大房子。”

“李狂，有你的房子就是大房子。”

“未未，有你的房子也是大房子。”

“李狂，我怎么觉得你话里有话呢，你是说我很胖喽。”

“未未，我爱你。”

“李狂，我也爱你。”

和未未同屋的蓝女昨天晚上不知道和王小肥去哪儿鬼混了，绝不可以让她发现作案现场。我用一条白毛巾沾着洗衣粉把床单好顿蹭，最后白毛巾变成“红领巾”了。

我俩手牵着手出去溜达，我做贼似的把“红领巾”扔进了距离家门口很远的垃圾桶。

未未突然甩开我的手往回跑，这老娘儿们的特点就是一惊一乍的。她跑到那个垃圾桶前也不管脏就开始扒拉。

“我养得起你，干吗捡破烂啊！”我远远地喊。

未未也不回话只管扒拉，终于又把那条“红领巾”找出来了，抖落掉里面的零碎，把它叠一叠放到了包里。

“你干什么啊，我再给你买一条。”

“这是见证，以后你再欺负我，我就拿出来给你看一看，我曾经为你流过多少血，流过多么珍贵的血。”

我可以感受得到：未未的脸上骄傲昂扬。

“好了，蓝女，你别说了，你听我说一句话好吗？我说完之后你就什么都明白什么都释怀了，你一定要听我一句忠言好吗？”我打断了蓝女的话冷静而温和地说。

“那你说啊。”

三

和林未未正式分手15天。

我的脑海还弥漫着谷矜的黑色诱惑。我只想爱上另一个人，随便谁都行，只要爱上她就可以让我忘掉相思林未未的痛，相思无用，相思无用。现在看来，谷矜是最合适的人选。

大军求了我一件事，我是广告人，这是我的专长，何况，还是兄弟的事。

五点，风玲玲准时出现在单位门口。按惯例大军开车在门口接，但是风玲玲却先是被地上一个精致的小盒子吸引住了，打开一看，是一枚戒指，赫然在里面熠熠闪光，和上周去周大福看中的那个很像。善良的风玲玲马上准备去寻找失主，谁要是丢了这个多上火啊。

这个意外早在我的意料之中。

大军按计划喊道：

“风玲玲，快上车，今天有急事！”按照我的要求，大军居然直呼“风玲玲”而不是“玲玲”。

“我捡了枚戒指。”玲玲还在疑惑。

“是吗？你先上来吧，我有急事，快快快。”

风玲玲带着满脸疑惑坐上副驾驶，手里还拿着那个装有漂亮戒指的盒子。

“哎呀，你们也在啊，怎么这么多人啊？”风玲玲看到后座挤着我们四个彪形大汉。

但是按照事先的设计，我们个个面容严峻，谁都没理她。

“出什么事了，大军？”

大军一脸不耐烦：“问什么问啊，就是有急事，中国话听不懂吗？快坐好。”

“我得问问捡的这个戒指是谁的，周大福的很贵啊。”

“什么是急事你不知道吗？去，到后备箱拿几瓶水给哥儿几个喝。”

风玲玲更纳闷了，还带了几分委屈，都快结婚了，大军怎么了这是。

“快去啊，怎么我说话不好使啊。”大军还学会加词了。

有人在后面险些偷笑，被我及时地掐了一下。

风玲玲下车了，愤愤地把车门关上，赌气地打开后备箱，却在那一刹惊呆了。

那么美的《月亮代表我的心》缓缓响起，大军下午专门去换的汽车音响效果果然不错。

两旁拴了两根红绳，在打开的一瞬，红绳那头由99朵玫瑰写成的“我爱你”的大花盘缓缓抬头，深情地望着和吴大军谈了三年恋爱的风玲玲。

在齐秦版《月亮代表我的心》（我下午去买的盗版碟）的多情歌声中，大军按照“剧本”的要求，拿着另外21朵玫瑰组成的一束鲜花，缓缓走到她身边。我们四个以迅雷不及掩耳盗铃儿响叮当之势下车，刚才的严肃表情一扫而去。

此前一直演技出色的大军继续无愧着实力派的称号，众目睽睽之下单膝跪地朗声说道：“嫁给我吧！”语调平和深沉但又饱含深情。我一挥手，大家齐喊：“嫁给他，嫁给他！”然后把准备好的玫瑰花瓣撒向他们。

再牛的女人都得完，但风玲玲居然还卖了个关子，一昂头：“戒指呢？”

“它早就在你手里了，你已经接受它了。”

“啊？你……谢谢你，谢谢你大军。”

风玲玲的泪终于下来了，她是个正常女人，所以她陶醉了，沉浸在巨大的惊喜中，成功！收工。

大军真是演技派的，之前我反复强调一定要冷静，要当做平常没事一样，不能让她看出来，而且最好对她稍冷淡让她心中略有不快才能达到“意外”的效果，从而给她致命感动。大军果然是好演员，好导演遇到这样的好演员片子才会这样精彩动人。

正逢风玲玲单位下班，好多同事都看到了，很多女同事一脸的幸福和甜蜜，很多出租车也停下来看，还有路上的公交车里满是小姑娘们羡慕的眼神，我的求婚大片一时间造成了那条路交通瘫痪。

“风董怎么这么快就答应了啊，还哭啊，哈哈，好了好了，你们俩都有碍市容了。”

“李狂肯定是你出的馊主意。我们家大军那么老实，绝不会那么滑头。”说完直捶大军，“叫你刚才对我态度一点都不好。”

我使了个眼色，我们几个赶紧下车，打车直奔“川外川”饭店。

“我们先去了哈，你们少缠绵点就得了。”我在出租车里朝他俩喊，两车擦肩而过的一瞬我看到风玲玲笑得灿如桃花，而大军眼中似有泪光闪烁。

这里是我们的据点，我们把那个99朵玫瑰组成的“我爱你”抬进去的时候，值班的年轻女领班眼里也流露出无限羡慕，我还朝她眨了一下眼，真是色狼本性不改。

风玲玲曾说自己决不喝酒，可是今天她却说自己决不能不喝。

之后去唱歌，她幸福得一反常态，认识她好几年了几乎没听她唱过歌，可是那一晚她几十首几十首的点歌，不管会不会走不走调都大声地唱，求婚之喜让她从腼腆公主变成了“麦霸”……

她一直说真的没想到，其实就算大军不求婚，他俩下周一也肯定登记结婚。求婚虽然只是形式但我突然觉得必不可少，女人会一生记住这一刻的，尽管真正“求”婚的其实是女人，甚至有的女人简直就是在逼婚，有的还逼着老公“求婚”。唉，不讲理是女人的天性，由她们逼去吧。

可是，我会向谁求婚呢?

我醉着半躺在 KTV 的沙发上，大军踢了踢我：“喂，手机。”

“给你，给谁打啊？”我递过手机。

“我结婚你乐啥啊，傻成这样，不是我要打，是你手机响了。”

我这才注意到手机上有 18 个未接电话，全部写着“老婆”。

我的心开始狂跳，犹豫间手机又响了。

大军骂道：“靠，都他妈甩了你了还‘老婆’啊！一会儿删了。先接一下看这娘儿们又搞什么。”

“喂……”

“你怎么了？”未未的声音。

“什么怎么了？”我力争平静下来，让自己的声音显得正常一些。

“我只是担心你。”

“谢谢了，我在 KTV 唱歌，很 High 啊。”我还是很平静。

“你真的在 KTV？没事就好，不能喝就别喝了。”

“我心里有谱，谢谢你，再见。”尽管我很想狂吼，就像刚才狂吼着孙楠的《你快回来》一样。但我是谁啊，我是情圣，引无数美妞竞折腰的高手情圣，尽管现在已是未未感情的剩下品，但我很清楚我要平静。我知道任何过分的语言反而会让对方很 High，让对方有一种杀人后嗜血的快感。

平静才会让对方没有快感，弄好了甚至可能会让她怅然所失。那一晚我发过誓将耗尽余生让林未未这个妞后悔，总之我下半辈子生活的主要目的就是要让她后悔、后悔再后悔，悔到肠子发青、发烂……

电话又响了，大军夺过电话就喊：“你要还有点良心，就别再骚扰李狂了，他现在很快乐。”

蓝女在电话那头说："是大军吧，我是蓝女，请你把电话给李狂好吗？"

大军尴尬地笑了笑。

"有事吗？"站在歌房门口的寒风中我依然装作平静。

"李狂现在说话方便吗？"

"你说吧。"

"我刚才找人给林未未打电话了。"

"这跟我有一毛钱关系吗？"

"我托那人对林未未自称是KTV的服务生，说你在唱歌时喝大了喊着林未未的名字，并拿出林未未的电话号码要求这个服务生一定要打这个电话，说只有林未未才能救你。"

"什么？！"

我火冒三丈，火就火在蓝女这么说那林未未的尾巴岂不是翘上了天，我刚才还想好好气气她呢。

"蓝女你到底想干什么，你这是帮我吗？"我想说脏话但强忍着没说出口。

"我看我是白努力了，她真的要离开你了。"

"她离开我不是你努力的结果吗？"我压住火。

"我想找你谈谈。"

"谈什么？让你的有钱老公去给你买高级化妆品吧，跟我有什么可谈的。"

"李狂，有时候我真的非常同情你，其实你是最不幸的。"

"谢啦，我现在很开心，我真的就在KTV里唱歌，真的很High，没事我挂了。"

"唉，李狂——"

"好了，蓝女，你别说了，你听我说一句话好吗？我说完之后你就什么都明白什么都释怀了，你一定要听我一句忠言好吗？"我打断了蓝女的话冷静而温和地说。

"那你说啊。"

"滚！"说完后我狠狠挂掉了电话。

接完电话后我的心怦怦地跳个不停，上下牙齿咯咯直打架。也许是冷的吧，大冬天啊，我没穿大衣在外面站着能不冷吗？

可是我不想回去，我只想找一个地方靠一下。天啊，我的人已经被林未未甩了出去，可是我那不争气的心还赖在人家那里不肯走。回来吧，你快回来，我的心。

难受！

也许人家还在唱“谁的心忘了收”，嫌那心有血腥子味儿呢。唉，我自己收不回自己的心了，哪个美女行行好收了它吧。

“收了我吧！”我冲着天狂吼了一句。

我抬头看到了这家KTV旁边的“川外川”饭店，就是我们刚才吃饭以及几天前我喝大后吐了谷矜一身的那家饭店。

我毕竟是个广告人，一个最优秀的广告人，加之肯定是我刚才的痛苦感动了上天，她实在不忍所以赐了个灵感给我。

“这可不太好查，都好几天了。”

“你肯定能查到，美女，她是我失散多年的老对儿啊，你一定要帮我找到。”

那个女领班还在犹豫。

“你不认识我吗，难道？刚才还在这儿吃饭呢，就是刚才拿99朵玫瑰组成‘我爱你’的那个。”我故意把“我爱你”说得那么慢，那么浪漫。

女领班岁数不大，脸红了，点点头。

“就是前天，我记得她自称小谷。”

“那天晚上共有两个姓谷的订包间，一个男的一个女的。”

“你把那个女的电话号码告诉我。”

“她的电话是139********”

“谢啦，找到我老对儿我请你吃饭啊。”

走时我又眨了眨眼，女领班脸又红了。

每每此时我都恨不能砍掉自己的双手（虽然从理论上讲这不可能做到），因为无助时我只习惯给未未打电话。

四

我经常跟大军说的一句话是：攻城为下，攻心为上。

我自己当然也是“攻心”的高手啦，但我是有些忌惮的，倒不是怕那个辣妞的耳光，其实征服这种又辣又正的妞恰恰是我的长项。我是怕那天那个刀疤脸，其实我也不是怕什么刀疤脸，而是怕如果因为这妞惹来一身骚会把泡妞的成本提高就得不偿失了。

仔细斟酌，我还是决定来一下投石问路。因为未未带给我的痛每天尤其是每天晚上都在折磨着我，我开始失眠，即便睡着了也噩梦连连，醒来一看枕巾湿透。但每当我想起那个黑衣黑裤黑眼睛的绝色辣妹，就会好一些，她就像患了癌症的病人在痛不欲生时吃的那种止痛药。

管不了那么多了，疼，只要能止痛。

兵马未动，粮草先行，发个短信先。

“我很怀念你的春节礼物。”

“你是谁？”

“欣然接受了你的特别礼物的人。”

之后就是长时间的沉默。

但我知道有戏，如果真是个贞节烈女就根本不会回短信，一条都不能回，一旦回了，就说明心里痒痒。

我刚想电话打过去，短信回了：

“是不是还想要啊。”

果然！越来越有意思了。

一般女孩遇到这种情况都会装作不认识或者真的就想不起来是谁而说句“无聊”，没想到对方一下子就想起了我，并且一点都不装。嗯，太好了，我最欣赏的就是这份不装的气质。

“如果能见到你，再挨几耳光也情愿。”

“不要脸。”

“当然，脸都给你随便打了。”

“天生淫贱。”

有戏有戏，这个女人不一般啊，一般女孩哪儿能这么回短信，早就开骂了。当然，她这也是开骂，但这股子骂总有“骂俏”的意味，相当于“讨厌”。

“你是怎么知道我的电话号码的？”这回美女先发问了。

“我比较欣赏你，所以用心感应了一下，便感应到了。”

“你以为我三岁啊。”

“在我眼里你是很年轻。”我随便地回答着。

“你到底是谁？”美女短信问。

“就是那天被你打的人。”

“我知道，我是问你是谁？”

“我叫李狂，很欣赏你，想跟你交朋友。”

“哦，你挺直接。”

“你送我礼物，我很想感谢你。”

“怎么感谢？”

“请你吃饭。”

“俗！”

“如果不吃饭你怎么如此迷人；如果不吃饭你怎会有力气再打我；如果不是吃饭，我们俩怎会相识？”

“我很忙，等我们公司的促销活动做完的吧。”

“哪个公司？何时做完啊？”

“你不是厉害吗，自己感应。”

“给点提示啊？”

“你要是感应到我就跟你去吃饭。”

被甩之后，白天的时候我还勉强算是个人，到了夜晚我就真成了“畜男”。

我想我的体内一定有一种凛然正气的元素到了晚上就会缺失，所以人才会迷乱，要不怎么说“迷乱的夜晚”而没有说“迷乱的白天”的呢。

刚才苦思怎样查到谷矜公司的兴奋以及超量的酒精都无法麻醉我凌晨一点时的无助。你们失恋过吗？肯定失恋过，但你们像我这样失恋过吗？我是第一次失恋，从来都是我甩人，今天被人甩，现世报来得好快。

每每此时我都恨不能砍掉自己的双手（虽然从理论上讲这不可能做到），因为无助时我只习惯给未未打电话，但是我又不能打。

坚持，坚持，再坚持。

被迫“戒毒”到了最难熬的时刻，不能前功尽弃啊。

……

“我要和你做一切事情，坐火车，坐轮船，坐飞机，坐汽车，做饭，做梦，做爱。”

“呵呵，我们现在只一起做过爱。”未未给我回短信。

“以后会做一切的。当然除了坐牢。”

“要是我坐牢了你怎么办啊？”

“陪你一起坐。”

“监狱也是分男女的。”

“那我就做变性手术变成女的陪你坐牢，等你出狱我再变回来。”

“呵呵瞎说，不过有你这句话我就很感动了。”

“不过我们一定会一起坐牢一辈子的。”

“什么意思？”

“结婚不就等于坐牢吗？”

未未由晴突转大雨局部大暴雨：“什么意思？跟我结婚对你来说比坐牢还难受？”

“不过让我选择，我当然还是选择结婚。”

“少来这一套，那我们做的那些算什么？我就知道你是个臭男人，上手之后就暴露嘴脸了。”

“女人为什么那么爱结婚？”

“谁不渴望有个家啊。”

“你管那叫家？我认为是牢笼。”

“你是个混蛋！”

“那你就是个‘昏’蛋，为结婚而发昏的‘昏蛋’。”

“李狂，你不觉得家庭让人幸福啊。你是本地人无法体会，我们外地人在大连就特别想早点结婚有个归宿。”

“可是有了归宿后你发现还有更好的归宿该怎么办？活了二十多年了，我一直很幸福，就是因为还没结婚。”

“是，你不结婚是很幸福，是你的对象很幸福。”

“那你想幸福还是不幸福啊？”

“我困了。”

唉，和未未这样的短信交手不知道有多少次了，几乎每次都是由晴开始，但一涉及结婚问题，就总是会以大雨倾盆而结束。

结婚？结婚就意味着哪怕再多的MM往身上贴都要道貌岸然地装作凛然正气的样子；意味着喝酒不能超过十点甚至九点就要回家；意味着说话不能再随便，玩笑不能再发“黄”，亲爱的工资卡也要被迫离我而去……

那人生还有什么意思啊？我经常想为什么这世上结婚的人都喜气洋洋的，谁遭罪谁知道。这世上结婚就是一件看似欢喜实则痛苦的事，跟那啥正好相反。但是很遗憾，看似欢喜实则痛苦的事和看似痛苦实则很爽的事总要交织在一起。

“宝贝。”

“别再发了，我睡了。”

“我要陪你一起。”

“别陪我了你多清醒啊，我最‘昏蛋’了。”

“你怎么知道我儿子的小名？”

“不知道你说什么。”

“我是混蛋你是昏蛋，我们两个昏头涨脑的人下的蛋就给他起名叫‘昏蛋’好了。”

“谁跟你下蛋啊，难听。”

“不，是你下蛋，我只是帮你。”

“我不跟你说了。”

“宝贝别急，我们起码得买房子吧，不是一朝一夕的事。”

“那还得让我等上一万年不成。”

“宝贝。”

“李狂你这个骗子。”

“宝贝。”

“大骗子。”

那个时候还没有微信，短信的缺陷就暴露出来了，因为对方无法感受到你的语气。凌晨，我把电话打过去。

“喂……”未未在那头小声小气地接电话，全然没有了短信里的凶悍。

“蓝女睡啦？”

“是啊，别吵醒她，你有事吗？”

“没事。”

“没事我就挂了。”

“未未，我……”

“到底有事没事啊，我头昏，挂了哈。”

“哎别。”

“根本都没有跟我结婚的诚意还谈什么谈啊，自私自利花心大萝卜，就顾着自己快活不管别人，我怎么会看上你。你啥也别说了，就是一骗子。你是不是以为我嫁不出去啊，哎你觉得我像嫁不出去吗？我……”

“未未，我爱你。”

沉默。

电话那头传来小声的哭泣。我慌了：“未未，都是我不好，我爱你，如果不娶你，我会终身遗憾。”

“真的吗？”电话那头的哭泣声好像立马就没了。

真的吗？我自己都不知道，我有那么容易就结婚吗？唉，“如果不娶你，我会终身遗憾”这话说完我就后悔，不娶她可能终身遗憾，但娶了她也许会天天遗憾。

不过好汉不吃眼前亏，把她稳住先，更何况，这句话本来就是千真万确发自内心：

“未未，真的，如果不娶你，我会终身遗憾。”

“你早这么说也不用害得我晚上没吃饭了。”

“啊？我这就给你送去。”

“不用啦，假惺惺的。有这份儿心就行了，我自己会泡面。”

“对了，蓝女呢，没吵醒她吧。”

“怎么会吵醒她，我在走廊里呢。”

“啊？！那多冷啊，快回屋里去。”

“不！”

“听话。”

“除非你亲我。”

“好，亲你。”我努力做出咂摸嘴的声音。起夜的老妈嘟囔着：“都这么晚了怎么还不睡？”

“不行，得有声音。”

“好。”我很夸张地把声音弄大。

“算了，饶过你了，睡吧。晚安，你可别忘记你自己说的话。”

“我爱你，晚安。”

射手座的林未未，在一个雪天里出生，没想到她撒向人间的都是冰雪的冷酷，当然，撒向那个人的却是热情的阳光。我是夏天出生的双子座，双子天生就是要去融化射手却总被伤透心，射手真的是双子的克星。

五

世上无难事，只怕狠心人。

我该对自己狠一点。因为，我再也无法忍受漫漫长夜多巴胺的缺失所导致的无助、痛苦和思念，所以，我开始发狠般地寻找“谷矜”究竟在哪个公司，然后计划拼命地追求她。虽然短时间内我不可能彻底将对未未的感情全部移到她身上，但起码会转移一部分。一个癌症患者猛然发现了一种可以大大缓解疼痛甚至没准还可能奇迹般治愈的良药，能不用尽全力去寻找吗？

我曾对无数失恋男女说的一句话这回该用到自己身上了：忘掉一个人最快的方法是找另一个人替代。

她上次说“促销活动”，说明必定在商场工作，可是大连如此多的商场，到底是哪一家呢？

我都恨不能雇私家侦探了。

但我李狂毕竟是李狂啊，侦探在我眼里也不过是小学生而已。我灵机一动便开始在网上搜索“谷矜”两个字，我就不信她就没个博客啥的，可惜没有结果。后来我想女孩子都矜持，也许博客的名字当中只有一个“矜”字也说不定。我开始大量搜索“矜”字，浩如烟海啊，根本不可能有结果。

这给“戒毒”计划蒙上了一层阴影。以往泡妞起码还有个目标，起码知道是谁，可是这次就告诉你去攻打通吃岛吧，可是通吃岛在哪里啊？

大军说我这几天瘦了，我说我兽了，像一头找不到食物而发狂的禽兽。

我又想干脆打电话过去说你给我出来，我约你，可是又和我的风格不相符，这不等于告诉这妞我输了查不到你了吗？

我不能认输，尤其是不能输给谷美女这样的上等妞。

狠谁不会啊，“促销”就是一个最大的线索，我查找了大连20家最大的商场的电话，一个接一个地打企划部或者营销部就说找谷矜，对方多半很客气地回答对不起我们这里没这个人，我就说不对啊，稻谷的“谷”，矜持的“矜”，你再帮我找找，直到对方继续礼貌地回答对不起先生真的没有我才放下电话。

上天被我感动了，终于有一次，我打这20家公司的最后一家时，那个接电话的女声说好你等等，之后就是一个粗犷的声音说你好你是哪位，我说我找谷矜，他说我就是谷矜，我说我找的是女的谷矜，对方则有礼貌地回答对不起我们商场就我一个姓谷。

唉，促销促销，哪个公司不进行促销活动啊，连我们广告公司都促销——在我们的板块做广告十次送两次。

我开始回到网络，我坚信在网络上会找到蛛丝马迹。我开始尝试用“矜”和一些词搭配着搜索，比如“矜 促销”、“矜 商场”，可还是大海捞针。

终于，我又找到了一条线索，那就是“川外川”。我几乎没事就去川外川门口等着，还找那个女领班色诱她说只要那个姓谷的一露面就第一时间通知我。纵使我再聪明也只能做到如此了吧。

其实，找到谷矜又能怎样，我真的能忘掉林未未吗？

春节前的冬天总是那么冷，大连最大的一场雪刚刚下完。唉，我心里的雪何时能化完呢？射手座的林未未，在一个雪天里出生，没想到她撒向人间的都是冰雪的冷酷，当然，撒向那个人的却是热情的阳光。我是夏天出生的双子座，双子天生就是要去融化射手却总被伤透心，射手真的是双子的克星。

大军的电话：

“我又看到那女的了。”

“什么？在哪儿看到的？”

“还能哪儿啊，川外川。”

“你等我，我马上到。”

“什么啊，我都走了，五分钟前的事。”

“大军，她朝哪个方向走了？”

“我哪儿知道啊，我在车上，走的时候她还在那儿呢。你要干吗，你不是要去找她吧，我跟你说……喂，喂，怎么挂了？”

川外川门口，我就知道像她这样又辣又正的妹子肯定爱吃川菜；要是想钓温柔点的南方型妹子就去冰淇淋店门口等着。

缘分啊，我一眼瞥见了雪里的她，肯定在哭。我犹豫了一下，两个选择，一个是过去安慰并搂住，女人在哭的时候是很脆弱的，但这样还是不知道她究竟是谁；第二个，跟踪她，知道她住址之后第二天一早来等着她再跟踪她到单位，只是这种方法太累太贱。

很明显我是李小贱，选择第二种。

谷矜终于站起来了，捂着肚子，似乎胃很疼。不疼才怪，吃辣的又哭过。

雪天的大连很难打到车，即便是在川外川这样的饭店门口。谷矜仍然一身黑衣，等了一会儿，街上全是满载的出租车，她只好往前走。

我的灵感在一瞬间爆发。

立马狂奔拐到另一条街上，拿出一张百元大票晃动着，终于，有一辆车跑了过来，我冲进车里指着远处的谷矜：“师傅，去拉她吧，但别告诉她我让你拉的，给我留个电话……一会儿给你打电话你告诉我她住哪儿。”

……

我很洋洋自得这个创意，虽然花去了我百元大钞，但想一想每个夜晚思念的痛苦，我便觉得值。

我千方百计拼车赶过去的时候，那个司机居然还在等，很负责地告诉我她走进了哪座楼，真有职业精神。那个司机还强调刚才她到小超市买东西了，刚刚进楼道。

这是一个很老的小区，或者不该被叫做小区，只是几幢老房子而已。我兴奋地冲了进去，想碰碰运气，虽然我不会进门，但至少知道了住址，明早早些来等着，再跟踪她到单位不就 OK 了吗。哈哈，我李狂绝对是天才。

没想到刚进楼道就撞到软软的一个人，还闻到了香气，那香气和未未很像，正是谷矜。

“啊，好巧啊。”即便是机灵百变的我也难掩尴尬。

谷矜扔给我 100 块钱：“谢谢你帮我打车啊，我在这里等你好长时间了。”

啊？一定是司机老老实实地说小姐有人替你付过钱了，都怪我忘记嘱咐司机不要告诉她我帮她打的车，唉，大连的司机该不老实的时候怎么那么老实。

我一时没反应过来，呆呆地站在那里。

“你还干吗，要上楼啊。”谷矜脸色不太好，大概是病了，但嘴上依然功力不减。

“啊，不不不，我，有个朋友住这楼。”

“你想冻死我啊，要上楼就快点，帮我拿包。”

我就喜欢这种辣劲。

谷矜自行先往楼上走了，那个背影很像未未，即便在冬天也看得到厚厚的棉衣包不住的绝好身材。

“你要是不上楼就把包还我。”走上二楼的谷矜喊道。

捂着肚子一口气爬到顶层都没觉得她累，神色正常，倒是我有点害怕了，她家里有谁呢？听口音不像大连人，很可能是租的房子，会不会有和她合租的呢？或者同居的？那个刀疤脸？

“你怕我非礼你吗？”谷矜在楼顶探头往下问。

“不是，你家里就你自己吗？”

“还有一个女朋友，不过她现在还没回来。”

“哦。”

“怎么你还想干吗啊，送完包你就快给我走。”

“哦。”

虽然是租来的房子，但香气阵阵扑鼻，屋子里井井有条，我用最快的速度迅速寻找可能暴露谷矜工作的蛛丝马迹，什么都没发现，只看到一些貌似钻戒的图片。

“你喝点热水吧。”我坐了半天才想起这么一句来，“喝热水”其实是男孩关心女孩屡试不爽的法宝。

谷矜手捧着一大杯热气腾腾的牛奶走过来：“你输了，还不知道我在哪里工作吧？”

“的确，我不知道你到底是谁，但是至少我已经知道你不是谁。”

“什么意思？”谷矜脱掉羽绒服后的样子让我发呆了一下，我下意识地摸了下自己的鼻子，害怕不争气的鼻血流出来。

“至少你不是……这些企业的。”

我一口气说了20家我打过电话的那些本市著名商场的名字，正色道：“你肯定不是这些商场的，因为我打过电话。”

黑衣女面露一丝不易察觉的微笑，但很快变回冷酷。

“那又怎么样，还不是不知道。”谷矜喝了一大口热牛奶。

“但我明天就会知道，因为明天一大早我就在门口等着，然后跟踪你到单位。”

“花心大萝卜，你是不是对每个女孩都这样啊。”她正准备烧水。

我站起来跟她走进厨房：“是的，我对每一个让我心动的女孩都这样，但目前为止你是唯一一个。”温暖的小屋已经驱散了我的寒冷，泡妞的细胞们也活跃起来。

“我不喜欢贫嘴的人。”水都烧上了，那妞还是冷冷的。

“我,如果你认为说真心话是贫嘴的话,那我就是贫嘴了。”我从容不迫。

“那天,就是你吐我一身那天,是被哪个妞给甩了吧。”谷矜面露嘲笑。

靠，我万没想到谷矜和林未未一样聪明。我怔了一下，妈的，底裤都被人看见了,但我还是下意识用招牌式的微笑掩盖了一下:“你是编剧吗?那天我朋友订婚，我高兴就喝多了。哎是不是在你眼里一喝大就是失恋啊，我高兴而喝酒不行吗？”

“滚，少跟我来这套！”妞两道剑眉立了起来，气场强大。

“你还真霸道啊。你是不是总被人甩啊，所以总想着别人也被人甩。”我讪笑着，暗想说不定今天这妞也是跟男朋友吵架了。

“你有病啊，信不信我再给你个嘴巴子。”妞怒发冲冠。

我想了想,唉,她是那么好的替代品,我跟她较劲不就是跟自己较劲吗。所以我赶紧岔开话题。

“你的胃还好吧？”我打关心牌，这个时候她最需要人关心了。

“谁说我的胃不好了。”她又喝了一大口奶。

“你爱吃辣的又捂着肚子，当然是肠胃问题喽。”

“捂着肚子就是肠胃不好啊，也许还是怀孕了呢。”

靠，这娘儿们不一般。我的路走偏了，对待这样的贱妞就不该有好脸，不能用大军那样对人家傻好的笨办法了。女人就是贱，对她不好她就抱怨男人不疼她，对她好了吧又觉得没意思了。

我恨恨地想了几秒钟林未未，然后说：“哦，怀孕时看帅哥以后孩子会比较帅。”

“所以你该走了，我不能再看你啦。”

“那，你们公司什么时候促销结束啊？”

“当然是春节过后啊，笨。”

“你不是不回家吧？在这儿过节？我陪你过年啊。”我说完这句就后悔了，自己又贱了，应该再坏一点才对。

果然，她冷冷地扔过一句：“我又不是你妈，你陪我干吗啊。”

我苦笑了一句，想把眼前的尴尬赶走先然后再伺机报复，但她又接了一句：

“我同屋的小姑娘马上就回来了。”

又辣又正，又臭又硬，又贱又傲，又喜又恨。

好，上好的替代品。

我喜欢！

离开时我似乎终于悟到了她的工作，因为我觉得自己已经弄清了那些照片的含义，就赌这一把。我把大门打开，回头扔下一句话：“我买结婚钻戒时会找你帮我挑，我相信你们品牌的力量。”

说完头也不回地走了，关门时我好像注意到小辣妹眼里似乎有些许惊讶。

“你小子就是牛呗，万人迷啊。”

“唉，”我叹了口气，“可惜林未未这个妞不在这一万人之列。”

六

我在大军60多平的新房里边喝边感慨：“高房价是未来80后婚姻不幸的罪魁祸首。”

苏菲笑道：“又在散播歪理邪说了。”

“我一直认为高房价也是导致离婚率高的重要原因之一。你想啊，因为房价高所以必须两人同时贷款，而两人同时贷款就必须登记结婚啊，所以，为了买下这个房子，也许两个人在不太了解的时候就会去匆匆登记，因为房子不等人啊。等房子装修好了住上了，才知道，哦原来跟我登记的这小子，或者这丫头不是什么好鸟啊。但是后悔也晚了，后悔？那只能离婚啦！离婚？别闹了，离了婚就是二手货啦！”

“呵呵！”风玲玲和大军笑弯了腰。

“你错了。正因为还有贷款没还完，双方才无法离婚，因为没办法分房子啊。如果我和你结婚了，我们买了100万的房子，等离婚时可能房子值200万了，我们怎么分房子啊？是你给我100万还是我给你100万啊。”苏菲总是跟我抬杠。

“得了姐姐，我还买不起100万的房子。我看了，这高房价也是婚姻质量不高的罪魁祸首。一你得为了还贷款而累死自己；二因为贷款没还完所以离婚比较麻烦，想要离婚又离不成的婚姻会幸福吗？”

别人对我的“歪理邪说”只会报以一笑，只有苏菲听得认真。

“那你的意思干脆不要结婚了。”苏菲说。

“早婚是男人不该犯的大错之一。”

“所以你一直在避免犯这种错误？”

“我只是不想被高房价绑架。你想啊，我们这个年纪的人应该干什么？应该谈情说爱花前月下诗词歌赋读书旅行啊。可是我们现在在干什么？想方设法地折腾挣钱。为什么啊，没钱就买不起房子啊。”

“您这文艺青年别老要求全国人民都跟你一样多愁善感成吗？”

“傻青年都得有梦想，有信仰啊。”

“我就没梦想，我就想没事找个海边躺着晒太阳。”苏菲笑着说。

“啊？这简直就是太伟大的梦想了，这也是我的梦想啊。”

大家都笑了。

“今天的主角又不是李狂，你们干吗老把注意力放在他身上啊。”大军打断我们说。

“今天是庆祝大军和风玲玲乔迁之喜嘛，都怪你苏菲，虽然我魅力无边吧，但也不能总把我放在嘴上啊。”

苏菲装作委屈的样子瘪了瘪嘴：“还说给我接风呢，都不让人说话。”

“今天大军和风玲玲是男女主角，你是女二号，我可以委屈一下自己，做男二号怎样？”

大军和风玲玲“不怀好意”地瞅着我和苏菲。

苏菲，大美女，我是说“大”美女，该大的地方很大（我是说心很大，你们想到哪里去了，思想长毛）。

平时大大咧咧说话骂骂咧咧和男人们打成一片，谈性如谈淘宝购物般自然。上初中时有两个小子为了晚上能约到苏菲大打出手，其中一个还骨折住院了。

可惜苏菲是我最好的异性朋友，是兄弟，我甚至感觉如果和她有点什么的话那我不是同性恋了吗。林未未对我说分手以后，寒风中我打的第一个电话就是给苏菲的，喋喋不休地说了半个小时，好像还哭了。

苏菲二话没说就问你在哪儿然后立马过来了。我那个时候简直都呆滞了，她来了之后问了好几句我都没回答只是喃喃自语，她当街给了我一巴掌，一下子把我打到了她的怀里。我说我靠我现在怎么那么害怕黑夜，她马上说以后每个晚上我都陪着你。我说拉倒吧咱们是兄弟，我可不能搞基。

那一夜我只喝了一瓶就醉倒在苏菲的怀里了，幸亏有大军在，大军硬把我拖到他家里，我只好说大军你把苏菲送回去吧。苏菲是个直率的硬妞（不过怀里挺柔软的）死也不走，我说你给我滚这么晚了不安全，她这才被大军拖走。

谁都醉过，醉只不过是乱性的借口而已，我醉了但还清醒。在大美女苏菲面前我强忍着没和她一起走。

凌晨两点，苏菲被大军送走前还倚在门口对我大吼了一声：“像个男人！”

后来大军说你那天要是把人办了那是对人家也是对自己的不负责，我说靠我那天晚上是强忍着不被她办有木有。

大军说你他妈的真有艳福，聋哑盲残疾人都知道苏菲爱你爱到恨不得把你骨头渣都吃了，我脸红了说咱们都是认识15年以上的朋友了，我为了忘掉林未未伤到朋友那是禽兽。说到“禽兽”时我还猛然想起林未未当年给我的那一巴掌以及那句“禽兽不如”，心还剧烈地震颤了一小下。后来苏菲这丫头一气之下去了马尔代夫旅游，在机场给她父母和我打的电话。这和林未未很像，有天未未送同学坐船回山东，居然一闪念就买票跟着上船去山东旅游了。苏菲刚回来就像没事似的吵吵着要我和大军请她吃饭，正好要给大军庆祝乔迁，就凑到一起了。

大军又从阳台搬过来两箱青岛纯生。

“这酒没劲，干喝不醉。”

“这是一种产品营销。久而久之大家都愿意喝这酒，既过酒瘾了又很难醉，而且这样大家喝的更多了所以销量自然也就上去了。”

“真是三句话不离本行啊。”风玲玲恭维我。

恭维面前我保持镇定，我一直在注意苏菲，她的眼神十几年来一成不变。七八个人喝了八箱了，再淡的酒也会上头，再能忍的男人他也是男人啊。苏菲号称“酒后”，一般不喝，一喝就闹事。中学时我们到海边吃烧烤，另一群吃烧烤的小痞子把签子扔到了我身上，当然人家也不是故意的还道了歉，但苏菲喝多了顺手抄起干啤的酒瓶子就给那小子开瓢了，那一身豪气居然让一群痞子谁也没敢动手报复，后来幸亏她那有钱老爸出面才摆平了这事。一想起这件事我就窝火，妈的，我怎么老被女人保护，不过又一想也没什么啊，苏菲根本不是女人。

“是男人就干了。”

苏菲百试不爽的一句劝酒词。

不过我总觉得那个“干”字今天她读成了四声。

表面欢歌笑语，其实被甩之痛我一刻都没停过。痛的时候就希望自己麻木，酒也许是最好的麻醉药，所以我再也不装了，不再拒绝喝酒。可遗憾的是，酒根本不是麻醉药，而是伤口上的盐。李白是个实在哥们儿，他早就劝过世人“举杯消愁愁更愁”；相比之下刘德华则是个骗子，“忘情水”根本不可能忘情。

除了风玲玲，其他人大多烂醉或者装作烂醉。

我的胃已经烂醉，可是不争气的神经依然清醒如故。老天啊，就不能让我的神经也麻木一下吗？我真的不想老是那么清醒好不好。

我反复地想未未现在在哪里，会在谁的怀抱里？

她会在干吗？看书？喝酒？打扑克？上网？还是已经安静地睡下？

会是谁上了她的床？又是谁在抚摩她柔嫩的肌肤？

“李狂给咱唱首歌吧。不高兴的时候就唱出来。”风玲玲建议。

“谁说我不高兴了，你和大军结婚了房子也有了，苏菲没在马尔代夫被拐卖也没拐卖别人，而我又恢复自由身了，都是一些让人高兴的事情啊。

好，我唱，但是我不会为任何忧伤的事情而唱，我要为了我们的高兴而唱。”

本来我想唱一唱周华健的《明天我要嫁给你》，跟气氛多符啊。

可惜不争气的嗓子一出声就唱了华健的另一首：

别想你忍不住我提醒自己
伤了心有些事也要过去
心很痛痛得不想再做我自己
别回头情已去缘已尽

很想你也不是因为失去你
爱了你用尽我全心全力
一生情只为这一次与你相遇
情难了难再续难再醒

人分飞　爱相随
哪怕用一生去追
我又怎么能追得回
与你相偎我为你痴为你累
风雨我都不后悔
我又怎么有路可退
曾经深情你给了谁

林未未，曾经深情，曾经海一样的深情，你给了谁？给了谁？给了谁？！！

我狂喝了一大口啤酒。

被甩之后，我对那些想哭就能哭出来的演员们的敬佩之情已经大为削减，因为现在我也能做到了。只要我一唱这首歌，眼泪便会在眼眶里打转，词作者一定跟我有相同的经历，唉，其实这个时候听任何一首歌的歌词都觉得是在写我自己。

唱了之后我才后悔，因为酒精的力量已经让我无法控制洪水，大坝还是倒塌了，洪水倾泻而下。真尴尬，要知道这道坝已经稳稳安全无事好几年了。

下面的场景真的很让一个男人尴尬：狼藉的酒瓶中，七八个醉意正浓的人横七竖八地坐着躺着，有的人还眯着眼睛好像快睡着了，有的人干脆闭上了眼睛发出呼噜声了，有的人拍着手和着我的歌，唱完之后猛烈鼓掌，掌声却在一刹那停了，所有人都开始直勾勾地看着我还有我脸上的泪。

这群骗子，根本没醉，要是醉了怎么会看到我在哭，而且是当众唱完歌之后的流泪。

“李狂，是男人就干！”

本来已经消停了不少的苏菲又莫名激动了，她跳了起来将一大杯酒喝干然后又端着满满一大杯递到我嘴边，我说“是男人就干”，而且有意把“干”说的又像一声又像四声，然后一饮而尽。苏菲忍不了了冲到卫生间狂吐，风玲玲赶紧去照看她。

大军冲我努努嘴：“其实苏菲是个多好的姑娘。”

我笑笑，意味深长地说：“只是我配不上她。”

大军笑道：“你小子又跟我装是不是，人家姑娘不错，你要是觉得还行就处着试试，要是不行也别老给她错觉。”

“谁给她错觉啦，我他妈很多年前就告诉她我不喜欢她了。”

“你小子就是牛呗，万人迷啊。”

“唉，”我叹了口气，“可惜林未未这个妞不在这一万人之列。”

大军被我逗笑了，随后我们又开始干。

又造了两箱酒，我突然发觉风玲玲面有不快（我的神经果然是清醒的），但这也正常，她一个外人怎么可以体会得到我们这群人这么多年来的感情呢，更别提体会我被相恋多年的女友甩掉的凄惨心境了。不过这妞挺厉害，装了这么长时间才露出来。

我站了起来，说：

“我们该走了，看人家的新房子被你们糟蹋成什么样了。苏菲赶紧起来帮忙收拾一下，咱们也该走了。”

风玲玲马上说：“不用了不用了，我来收拾就行。”

大军一听就火了，也仗着喝了点酒，骂道：

“什么不用了，你的意思是赶他们走吗？去，把阳台上剩的那两箱酒给我抬出来。”

风玲玲眼睛里含着泪，我急忙朝大军吼道：“大军你吃错药啦，还喝什么喝，我们走了，给你媳妇赔个不是，然后消停睡觉去。”

大军还是不依不饶的，半躺在地上朝着风玲玲踹酒瓶子还喊：“你把我兄弟们都赶走了！”

我跟风玲玲说了句对不起别放心上哈，然后招集兄弟们赶快闪人。我架着苏菲拦住一辆出租车，苏菲却不讲理地把人司机好顿骂，把他赶走，然后对我说咱们走回家吧。寒冬之夜冷得出奇，喝了酒的我冻得直哆嗦，要是走着把她送回家非得冻死不可。

“苏菲，”奇寒早已驱走了我的酒意，“我不适合你，我不想我们十几年的友谊就这样完蛋。”

“怎么会？如果不合适我们还像现在这样是好朋友。”

“不，我不想伤害你。”

“可是你已经伤害了我十几年。”

“你也交过男朋友。”

“我就有过一个男朋友，那还是你找女朋友之后我才找的。”

“唉，你想得太多了。不错，这么多年来我经常找你喝酒找你聊天跟你谈心，但那不是因为我爱你，而是因为我愿意跟你喝酒，愿意跟你聊天，我把你当成我的红颜知己，红颜知己啊。我一直把你看作是最要好的朋友，要不然和林未未分手那天我也不会第一个给你打电话。要是为了忘记林未未把你当成替代品，我认为不值得。”

“好，谢谢你，你是个负责任的男人，你送我回家吧。”

其实苏菲也一直冻得直哆嗦。

我和她转到大路上，准备抬手叫住一辆出租车，另一只手下意识地拉住她，苏菲却顺势猛地抱住了我，抱得紧紧的，两个人身上的棉衣也不能阻隔我感受着她的体香。在这一刻我终于验证了苏菲果然是个“大”美女（还是心大，思想又长毛）。

苏菲小声流着泪，就像那一夜林未未的哭泣。

离开我之后，未未是否还像这样在别人的怀抱里哭泣？

我低下头看了看苏菲，她正在闭着眼睛伤心而又幸福地哭着，反复地说着：“李狂，我喜欢你，李狂，我喜欢你。”那体香，那如桃花般的小脸，那柔软的身躯，像极了我爱了三年的林未未，那一刻的感觉恍如未未又回到了我身边告诉我她爱我，永远都不再离开我。

我是男人，忍无可忍就无须再忍。

我捧起苏菲的小嘴吻了起来，我们在接吻所以我不能说话，当时我很庆幸，因为我很担心那一刻我喊出“未未”的名字。

苏菲哭得更厉害了：“为什么，为什么爱一个人那么难，这么多年我一直喜欢你，你知道吗？”

我把她抱得紧紧的：“委屈你了宝贝，委屈了。”

“宝贝”一直是我和未未的互称，此时我的“宝贝”脱口而出，我仿佛感觉我的怀里就是未未，我爱的女人。

苏菲突然抬起头：“李狂，你带我走吧，今晚就带我走。”

“不可以，我送你回家。”

我的心突突突地跳个不停，说这话时我心里一直没有底气。

“不，我不回家，死也要和你死在一起，我不回家，我要和你在一起。”

“听话，不回家你爸爸妈妈要着急了。”我和苏菲的爸爸妈妈也很熟。

苏菲越说越激动，喘气的声音越来越重，把我抱得越来越紧。

“李狂，李狂，今晚我什么都给你。”

“我还没有忘记她。我不想你成为她的替代品，她不值。”

“让我从替代品开始吧，我会慢慢地让你忘掉她。”

没有想到，酒精对女人的刺激居然会这么大。我李狂何德何能，让这么多美女情有独钟。

前世一定是个大好人，一颗红心专门救人不图回报，古代雷锋那种，所以都报在了这一世；但也肯定做了大错事，上天在我此生才会派林未未来抢走并蹂躏我的心。

我们就这样抱着、搂着在大街上走，往来的出租车都会下意识在我们身边慢行等我们打车，每每这时候，苏菲就冲他们吼道:“滚开，看什么看！”

我看这也不是办法，就平静地对苏菲说：“宝贝，我们打车回家吧。”

“回哪个家？”

“我送你回家。”

“我不。”

“那你去哪儿啊？”

“你去哪儿我去哪儿。”

“我们先到你家附近再决定到哪儿好吗？”

我连哄带骗再加拽才把她弄上了车。苏菲清醒了很多，家门口，她整理了一下头发，寒风吹起她的发，月光下她的小脸上还挂着泪痕，但这更让她平添魅力。

苏菲的头终于告别了我的怀抱，她拉住我的手，平静地问：

“李狂，今晚你带不带我走？”

我拼命咬着牙，往死里盯着她，半天才冒出一句：

“我也不知道，我的心很乱。”

“这样吧，你是男人你做主。你带我走，即便明天你说你不需要我了，我马上走，以后我们还是朋友；如果你还需要我，我会一直陪着你。”

苏菲开始展开强大的心理攻势。

“未未，回家吧。”

望着颇有几分秀气的苏菲我终于犯下了一晚上都在提醒自己别犯的错误，未未的名字脱口而出。

“好吧，我回家了。”

苏菲面无表情地转身开门。门开了之后猛一回头扑到我怀里在我的脖子上狠狠地咬了一口，我强忍着没喊出声。

苏菲留下一句话：“我真的很羡慕那个女人。”

“你自己注意点，别放弃最好的，去追求那些没有价值的东西。”未未冷冷地说。

“你的意思是你是最好的？”

“我是提醒你，你是个聪明人。”

“从和你恋爱之后就不是了。”

七

N年前。

“我最喜欢这张了，多有感觉啊。来，李狂，咱俩也来一个。”

“我可不要。”

但被未未盯上那还能跑得了？未未按住我的头，两个挺拔的鼻梁对在了一起。

那一刻，未未幸福地闭上了眼睛，却破坏了“执手相看泪眼”的意境；我无奈来了个深情凝眸，却发现心中这个曾经的超级美女脸上有了一些不易察觉的细碎皱纹。

蓝女及时“咔嚓”了一下。

“你俩挺有夫妻相啊。”王志彪松开搂在蓝女腰上的手，拿着数码相机边看边说。

啊？我和未未同时做痛苦状。

“有夫妻相就是和他长得像了？真会损人。”

“我也没法活下去了，你什么眼光啊，我有那么丑吗？”

“你啊，身在福中不知福。未未可是远近闻名的大美女，你俩到底什么时候婚啊？”

蓝女总是在最不应该说话的时候说最不应该说的话。

“我告诉你啊，今年我也要像蓝女那样拍结婚照，你看你看，多美啊，我也要拍。现在暂时邀请你做男主角，你要是不答应我可找别人了。”未未又在向我示威。

“拍结婚照？很愿意啊，明年吧。”

“明年明年又是明年。”

“不是不答应你，而是我档期排满了。现在拍结婚照找我做男主角的老多人了，300多号吧，你呀怎么也得排到明年，到时候还得看我心情。”

“切！”

“切！”

“拍结婚照不得趁早啊，等过几年你媳妇老了，拍起来就不好看了。”

王志彪和他的蓝女一样不会说话。

“谁老我媳妇也不会老，在我眼里我媳妇永远20岁。”

我看未未脸上终于露出一丝不易察觉的微笑。

我不露声色拍马于无形的功夫果然又有长进。

都说女人爱美，爱化妆，爱钱，爱面子，爱买衣服，难道女人就不爱照相吗？

照得不好，未未摇摇头。

“我看看，啊，相机坏了啊？”

“我打你啊！”

像林未未这样的美女，没事就整理照片，也愿意看别人的照片，总希望通过别人尤其是蓝女之流的照片来提高自信。今天到蓝女家看到她的结婚照，活像王志彪扑到猪肉上一样，所以，非得模仿其中她认为最有感觉的一张拍一下才甘心。

这嘴上说好心里指不定想我要是拍肯定比你美。切！虚伪！

“给介绍介绍你家吧，好大的房子。”未未看蓝女新房时眼神的含情脉脉一点不亚于当年看我或者再当年看周润发。

王志彪的爸爸给他们买了这所不小的房子又提供了全部的装修款，他们俩磨叽了好长时间才装修个大概，今天，我们只是来参观的。

“蓝女你真幸福，150 平大房子，装修得还那么好。”未未说完后有意无意地瞟了我一眼。

“这收拾起来可麻烦了哈。”我补充道。

“可不是嘛，这收拾起来得把我媳妇累死。”王志彪呼哧呼哧的，居然来附和我。

“你真的打算让我天天做你的煮饭婆，天天清扫这么一大片地啊？”蓝女问。

“当然不会了，这样吧，我一周雇两次小时工来打扫你看怎么样？”

“老公真好！”蓝女兴奋地说，全然不理会我和未未的胃。

“这地砖好漂亮啊。”未未没有理会他们。

“19 块多一块呢。”说他胖还真喘上了。

“你们装修花了多少钱啊？”未未难道不知道吗，这蓝女就等着她问这个问题呢。

“不多，前期装到这么个程度不到 20 万吧。”

“啊？还没装完就花了 20 万了？”傻傻的未未惊道。

“贷了多少钱啊？”我赶紧问。

“20 万。”

“才 20 万？”

“我爸说了，这房子根本不用贷款，之所以要贷款是想让我们俩有点紧迫感。我们买得早，一共才花了 100 万，今年这房子已经值 160 万了。”

“你们当初要是买两套不就好了，否则就是值600万你们俩也不敢卖啊，卖了还得买。”我很及时地补充着。

已经钻进牛角尖的未未继续用怨恨的眼神瞟我，接着问：

“你们准备用什么地板？”

“复合的。”

“你用复合地板啊？”我赶紧抓住机会问。

“复合地板比实木的省心，也不便宜啊，300多一平，菲林格尔的。”王志彪好像很着急地解释着。

我亲耳听好多美女振振有词：我找对象，标准是一定要有房子，至少是两室的，当然，必须是不用贷款的。

这就叫无“所”不谈——没有住所则不能谈恋爱。

据说在上海，长得再丑再无能再老再龌龊的男人只要有一套哪怕一般的房子，魅力值也将大大增加。以至于介绍对象最先问的不是长相、性格甚至年龄、工作，而是迫不及待地问：多大？媒人回答：啊，这小伙儿28了。对方则不耐烦地打断：我不是问他多大，我是问他的房子多大。

靠，王小肥是富二代，我一穷人家的孩子，比身材比智慧比口才都行，但比房子票子，我敢和他比吗？我比得过他，比得过他老爸吗？

“早买那个温馨家园，现在咱早住上了，到现在还让我住合租房。”未未一提房子就气呼呼的。

“那个房子140平，还是个两室的，将近200万啊，咱俩一辈子都得还贷款、利息，将来想换房子都难。”

“你是个屁房产专家，这个房子你说太远，那个房子你说长毛，房价越来越高了，你倒是买一个回来啊。”

“有多大能耐就住多大房子。”

“你看人家，你怎么就没能耐。”

“你要是有能耐就去找个有能耐的去。”我一句不让。

“别吵了。小李才毕业几年啊，别拿他跟我比，我都奔35去了。小李要是到我这年龄啊，住的房子肯定比我的这个大，再说我不也是靠老爸吗。”王志彪终于说了人话。

“上次我订的60平的房子你干吗要退掉啊？150平和60平的房子，哪个更适合年轻夫妻呢？我们一定要为面子和攀比再付出90平的成本吗？”

“我是要大房子吗，我就是那么一说。我跟你好的时候你有什么，你现在有什么，我不还一样傻傻地爱你吗？”未未的眼泪又上来了。

“李狂，别惹你媳妇生气啦，男人不买房子让人笑话。”

我实在是不愿意在这种时刻让这两口子看笑话，但我着实没忍住。唉，其实未未并不一定真的要大房子，未未家在鞍山，父母早早退休，身体貌似不太好。她不过想买个稍大点的房子把爸爸妈妈接过来住而已，我是理解，我也真心想拼了命弄一个大房子我们一起住，可是，房子不是拿嘴说来的啊。

唉，但此时此刻我却真想拂袖而去，临走前再说一句：“谁他妈有大房子你跟谁过去。”一个男人被触及到了最痛处后反击也只能是最无奈的如此了。但我还是忍了，这样做太丢人，这样不等于告诉大家我一点风度一点胸怀都没有吗？最重要的是，这样做等于告诉大家我李狂没有能力买房子你爱咋地咋地吧，总之这样做是懦夫的表现。

我李狂不是懦夫，即便是也不能让大家知道。

王志彪今天有点怪，大概是同情弱者吧，这回又是他给我打圆场：“一切都会有的，房子也会有的。小李那么优秀，买个大房子只是时间问题啦。”

我一点也不感激他，他这样说好像居高临下以成功者自居，好像是已经经过打拼后取得极大成功的前辈一样，有什么了不起，不就是有个有钱老爸吗？

从未装完的房子出来，他们俩好像兴高采烈，其实装修就是装给别人看的，只要观众有捧场，演员的目的就达到了，尤其像蓝女王志彪这样好面子的演员以及像林未未这样很容易被虚假剧情打动的观众。

回到未未和蓝女她们的合租房，一个很小又很远的地方。

“咱们做饭吧。”一个菜都不会做的蓝女提议。

“说好了这次咱们一人做一个菜，让蓝女做裁判。”未未最愿意做的事情就是比。

“不要这样做，干吗要用蒜啊。哎呀沾上水了，油会爆的……”

“到底是你做还是我做啊？”

“你怎么那么不虚心。”

“怎么每次我做什么你都在旁边指手画脚的！”我吼道。

……

“蓝女，你说，谁做得最好吃。”

“都好吃。”

“必须说一个。”

“李狂，你得练练你的厨艺了，买不起大房子做饭总得会吧。”那一刻我火冒三丈，真想上去抽丫的，正当我准备反唇相讥时电话响了。

是短信。

来自小强：后天周日，爬山去啊？不会又泡妞吧？

我是重色轻友的人吗？去啊。

说定了八点轻轨车站集合。

“李狂你干吗呢？又是婚前好友的短信啊？”

“我同学，男的。”

“我看看。”未未一把夺过我手机。

“这个小强到底是谁啊？老找你。”

“我大学同学，长得特龌龊。”

“有机会领来我见见。”

“好啊，见就见。”

“你自己注意点，别放弃最好的，去追求那些没有价值的东西。”未未冷冷地说。

“你的意思是你是最好的？”

“我是提醒你，你是个聪明人。”

“从和你恋爱之后就不是了。”

“明天跟我看房子去呗？”

“去啊。”

“没约会啦？”未未似笑非笑地问。

“有啊。”

“嗯？”

“是我家老虎约我，约我看房子。”

“这还差不多。”未未名正言顺地笑了。

老虎就是未未，未未就是老虎。自从我给她起了这个甜蜜的凶外号之后，未未就一直不允许我看《水浒传》，尤其不能看关于武松的篇章。

“你们也去看房子啊？”

什么叫“也”，难道蓝女他们还要去？

“我们大彪子说了，房价还会再涨，有闲钱再买一套。”

“这套不是贷款的吗，怎么还买啊？”我禁不住问。

王志彪抢先回答：“我爸说房子还能涨，让我们多买几套。”

未未没有说话。

“大连房价就是让你们这样的人给整上去的，还让不让我们老百姓活了？”我还算理智，用开玩笑的语气说了这句话。

“李狂别总钻研你们那什么什么创意，你看我老公，几笔订单就能赚咱们三个人一年挣的钱。”蓝女用食指比画着，我却在心里朝她比了个大大的中指。

现在的人结婚太草率了，用几个月就决定了一辈子唯一的爱人，然后再用一辈子去遗憾。

八

那个时候我还根本无法理解未未的苦，一个到大城市闯荡的外地女子，在灯火辉煌而又孤独的下班路上，在同事买房装修结婚的讨论声中，在房东吝啬的眼神里，她是多么渴望能有个自己的房子。

很多东北人都以在大连买一套房子为最终目的，很多在大连工作的外地人都有买套房子把自己父母接过来的梦想。

所以，未未早就开始逼我看房子，但每次看必吵架。这个女人非要住“大房子”，然后把她爸妈接过来，但是我买不起，我爸爸妈妈更买不起。我说宝贝你嫁个有钱人吧，买一幢别墅从这头儿走到那头儿得走五分钟，家里必须得准备一自行车，大大的，光厕所就十几间，否则打死我也买不起这样的。每每这时未未绝不会安慰我而是立即一副我就是个窝囊废连大房子都买不起还跟老婆唧唧的样子，好像我买不起大房子就是欠了她100万，我必须小心翼翼伺候着表现着才可能让债主暂时不追债。

我经常恨恨地想：他妈的，等哪天老子有了钱在大连每个高档新小区都买一套房子，先带未未挨个儿看，让她挑，尽情地挑，尽情地臭美，之后我就付全款全部买下，再然后，我就对她说你给我滚，这些房子不属于你。

我们已经看过了好多房子，可是，我们总是不能达成一致的意见，对于未未要的“大房子”我们的钱刚刚够交首付，我们需要公积金贷款至少

100万。

最致命的是：如果我们两个同时贷款，我们必须登记结婚，所以，我总是以各种理由拒绝买房子，从房子可能长毛到售楼小姐不漂亮……

所以，未未只能眼睁睁地看着她看好的房子从5000涨到8000，再涨到10000……

我们已经决定了买一套比较小的房子再买辆车，哪怕一辆QQ也比挤公交强。可是给蓝女庆祝乔迁之喜那天未未却彻底改变了主意。

“这个秀水小区声势多浩大啊，买它肯定没错。”未未痴痴地看着偌大一片房子——画在平面图上的。

“拜托了老虎，现在它就是一片洼地。”

“人家敢做这么大一个小区，肯定有实力，有后台。”

“切！指不定借了多少钱然后把借来的所有钱都砸在广告上而不是砸在那块偌大的空地上。”

“那怎么了，有人捧场不就得了，你看这多少人啊。”

“买个破房子还没开始盖呢就开始卖号，你说这号说明什么啊，哪条法律允许他这么做了？”我们都排了一个小时队了，还没排上那个什么“楼号”，我早就憋得不耐烦了。

“这说明现在买房子的人太多了，我告诉你别又跟我磨叽啊，今天必须先把号给排到。”未未露出一脸“你敢走”的凶相。

我只好不说话，知道一开口无论好话坏话肯定吵架。

稍过一会儿，未未看我没动静了，便送来“甜枣”，她对我一向是“打一巴掌”后赏个“甜枣”的。

“宝贝，今天就听我的行不？我早就打听了，这家开发商相当有实力，人家自有资金很足的。”

“这个我相信。不然怎么会这么慷慨地送给这么多民工钱呢。”

“是吗，他们请的建筑施工队很贵吗？”

“那我倒不知道，反正我肯定今天这些民工的‘出场费’不能低。”我努努嘴，悄声说，“你看我后边的后边，还有前面那个，还有那个，这些都是开发商的‘托儿’，民工扮演的。”

“别胡扯了啊，哪有你这么埋汰人的，是不是又不想看了找借口？”未未脸色一变。

“好好，我就是跟你随便那么一说，不信算了，又没说不买，不买对得起这一小时排队吗？”

我们 “享受”了一小时前后左右众“托儿”们身上的气味之后终于花了2000块钱买了一个号。拿这个“号”才有资格给开发商交五万块钱的定金，交了这五万块的定金，就是已经拥有了购买在这块洼地上未来一年两年或者不知道多少年才能盖起来的某一套根本不知道会怎样的房子的资格。

“咱俩到底买哪套？”未未问。

“再说吧，把这些资料带着，回去研究研究。”

“你怎么就知道回去研究，你一点都不上心。”

“啊？我说回去研究研究都不行啊，那不用研究了，你扔硬币选择好了。”

“就这个吧，才150平，比蓝女她家的还大，还能打阁楼，实际更多。住个大房子多好啊，我们可以在家里自由自在的活动，躺在阳台上晒太阳，享受大大的落地窗。”未未的表情似乎不是在开玩笑。

“你们合租房才40平方米，就已经跟猪窝一样了，150平，无非是个更大的猪窝。”

“那怎么你打算以后让我一个人做家务啊？”未未开始发怒了。

“那你算一算一共要多少钱啊。”我不想吵架而已。

“一万一平的话，150万而已。”

“150万，还而已？加上各种税费和手续费得接近160万。你打算把我卖了啊？”我是真想潇洒地对未未说买150平的干吗啊就那个180平的老公给你买，可是，唉，假如房子是用嘴就可以买的就好了。

未未冷冷白了我一眼然后“嗤”了一声就走开了，脸上面无表情。

就这“嗤”一声对我的伤害是最大的，还不如直接跟我辩论。这一声包含着对我的耻笑、无奈甚至反感，主要是瞧不起。虽然只是一声，可却让我感觉到是在耻笑我无能。连这房子都买不起你还是男人吗？

我虎着脸追向她准备质问，却发现她脸上的表情又转怒为笑。“嗨，蓝女，你们也来啦？”我一看就皱眉，又是蓝女以及在她嘴里好得不能再好的斯文而有钱、风度又大度的老公王志彪。

“来这看房子啊？”蓝女笑盈盈的。

真是废话，不看房子难道拆房子？

我曾跟未未说张柏芝不如她漂亮是因为我在取悦未未。

我也曾跟未未说蓝女是这个世界上最丑的女人，这是因为——蓝女本来就是世界上最丑的女人，起码她心灵不美。

最美的和最丑的女人都是最可怕的女人。

我真怕她带坏了未未，因为那个最丑的女人为了掩盖自己的自卑天天刺激我宝贝。诸如“我老公对我老好啦，又给我买了一套兰蔻护肤品，快5000了都”等等，我想说这兰蔻能对得起你的脸，可是你那张脸对不起这兰蔻。

“你们又订的哪套房子啊？”那个丑女问。

“还没定呢，可能是这个100平的，也可能是50多平的这个，正研究呢。”

“李狂你还研究个啥啊，我们大美女能嫁给你就不错了，还不乖乖买个大房子？”

“你的意思我家未未很胖喽，干吗要那么大的房子呢？”我冷冷的。

“你呀，别跟我犟了，哪个大美女不找个有钱男朋友啊，你自己看着办吧。老公，明天给我买个兰蔻，你听见没有？”

“好好好老婆，你要什么给你买什么。”王志彪赔笑着像条狗似的，还是条体小、腿短、嘴贱的哈巴狗。

“不，我不要了，我改变主意了，我要你现在就给我买，你明白吗?现在。走，咱们马上去，我生气了，一定要花钱才舒服。”大丑女边说还边用眼瞄了下未未。

哈巴狗也有尴尬时，他不好意思地看了看我们俩，说：“好好好，走，咱去。”说完搂着丑女走了。无敌丑女还不忘回头说：“未未，我给你打电话啊，晚上帮我参谋参谋我的兰蔻，拜拜。”

未未面无表情。

“变态!”

“因为她太丑了，所以总用这些来掩饰自己的自卑。”未未好像在安慰我。

“你终于也这么想了宝贝，我就知道你跟她是不一样的。”

“还不就是图你这个人，你以后要是对我不好我可得阉了你。”

“但是宝贝你以后别再拿我跟他比了，你知不知道男人最恨女人拿他跟别的男人比。”

“我又怎么比了，再说你本来就不如人家嘛。”

“我还是那句话，他比我大五岁，五年之前他未必如我，五年之后我未必比不上他。”

“别嘴硬了你。”

“好，我不嘴硬，你要觉得他好你跟他走啊。”每次说到这，必是同一套话，我的火实在压不住了。

未未把脚一跺，转身就走。参照以往的教训，我知道之后就将是无休止的冷战。

我真有点受够了，这种冷战是致命的，否则也不会被未未拿来做武器。在“开战”的时候，我们这两个高明的“杀手”，都会下意识地选择用最伤害对方的招式，明知道自己也会痛，对方肯定会更痛，可是还是要用这种招式；或者说正因为对方会很痛，所以才用这招。未未的“必杀计”就是冷战，我不理你了，无论什么场合，哪怕大街上，哪怕当着我妈的面，哪怕……

上星期刚结束五天的冷战，昨天去蓝女家也是再次冷战后的第一天，我实在想休养生息了，于是跟在老虎后面。老虎不是那么难哄的，只要我想，只是这么多年了我实在有些厌倦了。

我紧走几步，突然大叫："老虎你快看快看啊！"

老虎继续大步往前走，头也不回。

"好啊，你走啊，走得好看一点，从后面看我宝贝身材真好啊。"我大声说，旁边好几个人直用那种眼光看我。

我知道老虎脸上肯定又笑开花了，于是小跑上前。

"老虎。"

"干吗啊！"老虎噘起小嘴。

"我老虎真是越来越漂亮了！"我努力用梁朝伟看刘嘉玲的眼神看我宝贝。

老虎扑哧一声笑了，唉，我这一招"哄虎术"真是用100次灵100次，女人啊！

"我说最近看范冰冰怎么老是别扭，觉得她越来越丑，现在我终于知道了，不是范冰冰越来越丑，而是我老虎越来越漂亮了。看我宝贝看多了，范冰冰当然就显得丑啦。"

"你讨厌。"

OK，成功！20秒，跟自己最快的"哄虎"记录只差三秒。

"宝贝你说实话，我到底比范冰冰漂亮多少？"未未问。

"嗯……"我故作沉思状。

"快说啊，不许说假话。"

"怎么会说假话呢，张柏芝再去整下容，而且还必须是手术极成功的前提下，她有可能达到你漂亮程度的50%。"

唉，哥们儿我也不容易啊，长年这么甜言蜜语昧着良心讲话自己还能坚持着不反胃。所以我就说嘛，能说会道的男人的胃口没有好的，经常遭受自己说的恶心话所带来反胃的打击。最重要的是：我实在不愿意再冷战下去才这么哄她，哄她时我恨得牙龈出血。

但是未未脸上笑开了花，就像七月大连无风无雨的大晴天那么灿烂，丝毫没有任何云彩。所以自从和未未在一起之后，我就一直瞧不上那些什么作家啊、情圣啊之类的人，如果搞个比赛专说这样的让女人陶醉让旁观者呕吐让自己恶心的话，我可能还没遇到过什么对手，即便对手大 50 岁也不行。

“你到底爱我有多深？”未未问。

“就像秀水小区地基的大坑那么深。”

“去死！”

“明天到底跟不跟我回去啊？”未未问。

“哎哟，我忘了明天你回老家参加你表弟的婚礼是吧。你看这事整的，同学小强还组织我们爬山呢，我还说我一定带你去呢。”如果不是知道她肯定去不了，打死我也不会这么说。

“我表弟结婚我得去啊，再说好长时间也没回家了。”

“唉，我明天自己去爬山有啥意思啊。”其实我在偷笑。

“你少来这套，明天你奔美女去的吧？”

“嗤，在你面前还有人敢称美女？”

“你能不能跟我回鞍山参加我弟弟的婚礼而不去爬山？”

“好啊，咱弟弟结婚我应该去。”

“算了吧你，我可不勉强你。”

“也好，这样，我赞助 500 元你替我给咱表弟和表弟妹代好。”

“唉，我姑姑操办我表弟结婚的事老不容易了，借了好几万给他买的房子装的修。”

“哦，还好你们那儿房子比较便宜。”

未未的表弟就是瞧上了一个妞，刚认识三个月说啥要结婚，鞍山那边没有大连那么发达，越是小城市，年轻人结婚越早，父母一听儿子要结婚乐坏了，立马借钱买房子装修办喜事。林未未总拿这事来敲打我，意思是你看人家都是男方一手包办了房子和婚礼。但我总觉得这不是个事，现在的人结婚太草率了，用几个月就决定了一辈子唯一的爱人，然后再用一辈子去遗憾。

两个相亲相爱的人干吗非要用结婚来折磨自己?

九

“山比我高时，山是崇拜物；我比山高时，山是垫脚石。”

有一次爬山时我意气风发吟完这两句诗后，未未居然当场就跟我火了，还说什么怎么你把我当成山了啊，以前你在山底下我是你崇拜物现在我成垫脚石了啊？我巧妙地说对你的爱如山那样厚重她说你少来了才避过一大吵。其实我想说你丫已经成为我身上的一座大山，压得我都透不过气来。

爬那些特别高的山已成为我人生最爽的一件事，尤其是不跟未未一起爬，我就觉得更舒服。温暖阳光下的那万片绿释放出来的负氧离子充溢着我整个身体，把未未跟我吵架带来的所有不快一扫而空。

所以，爬山，我向来不带未未，何必自虐呢。

我们八九个人集合，奔向那座著名的大山。

小强又背了一大包好吃的，我一脸坏笑地看着。

“最近表现非常好啊，原来老是重色轻友，现在怎么变了？嫂子放松了对你的管教了？”小强嘲笑着。

我哼了一声：“其实我就是告诉她，我今天跟兄弟们去玩啊，你乖乖的该干吗干吗去，要是不老实就削你，就这么简单。”

“拉倒吧，我还不知道你，不一定跪了几小时搓板才能出来玩一次。”

“不跟你说，哼，总之我的地位那是相当之高。”

小强露出恶狠狠的眼神："我老公在家里地位绝对排名第二，他要是敢背着我拈花惹草，哼，我弄死他。"

"小强"其实是个女的，叫冷小卉，我的异性朋友，好听点叫"红颜知己"，经常互相打个电话发个短信骚扰一下什么的，和苏菲很像，但不同的是她已经结婚。就是那种没上过床没拉过手（爬山时拉一把那不算）啥都没干过但还挺暧昧那种，也有称作婚前好友的，但她是我的婚前好友，我是她的婚后好友。小卉是个极为精明的人，只要她做的事肯定不会有差错，所以她和她老公登记后一度让我对婚姻的畏惧感消除了一点点，我想妈啊连冷小卉都结婚了，那结婚肯定不是什么可怕的事啊。

未未不允许同一异性的短信在我手机里同时出现两个（含两个）以上，我经常使些小聪明，比如把冷小卉的手机号码在我手机里存成了"小强"，一个男人名字，未未居然没看穿，哈哈，女人再狡猾也斗不过好男人。

不过小卉的确很像男人啊，我都叫她"兄弟"，还经常搂搂抱抱的照相——兄弟间不可以搂抱吗？

我们玩得好开心啊，旁边还不时有"摄影师"捕捉镜头然后分别"敲诈"："李狂，我这张照片卖给你女朋友2000块；小卉，这张卖给你老公3000块……"

终于爬到了山顶，整座山都是垫脚石了，可是，我觉得山依然是崇拜物，就算我征服了它千遍万遍山依然是崇拜物。

短信来了。来自老婆：

"宝贝，干吗呢。"

"我现在正在大白山最高点上想你，因为旁边尽是些大老爷们儿。"

"你小心别冻着啦。"

我心底生出一丝暖流。

"宝贝，婚礼顺利吗？"

"我姑姑在婚礼上都哭了，说就这么个儿子，他们以后要是过得不好啊，我姑姑能伤心死。"

“唉，宝贝明早回来我去接你。”

“好，我快到了给你打电话。”

小卉走过来：“干吗呢，在山顶不许泡妞，小心你掉下去。”

我开玩笑：“我掉下去你殉情吗？”

“我请大家吃饭庆祝，还放鞭炮。”

“一点都不伤心吗？”

“伤心啊，你的手机不错，我们会伤心那个手机跟你一起掉下去的，哈哈。”

奇怪，接到短信后我并没有心事重重反而游兴大发，其实在接到短信之前我心里才一直惦记着呢。现在好了，我知道未未很惦记我而且明早回来，这就行了我可以安心玩了。

“是嫂子吧，啥时候让我们也见见啊？”众色狼纷纷表示。

“见啥啊，老婆太丑拿不出手。”我向来都是拒绝未未和大学同学见面，也许，我怕她见到小卉看到我时的眼神以及我看小卉时的眼神吧。

下山归来，大家游兴未减，起意到一个同学家做饭吃。他一个大男人没有女朋友独守空房不容易啊，就当行善积德了。

我给小卉打下手，直到她摸着我的头“疼爱”地说：“嗯，这个小伙儿可泡，一看以后就是个听老婆话的主儿。”

我们的主题当然也离不开照相，众多数码爱好者擅长摆弄相机，像我们这样的帅哥就只擅长摆弄姿势了。

“来，冷小卉过来跟老公照一个。”我喝了点红酒脸就红了，喝白酒脸就白。

“照一个就照一个，现在我要跟我老公照相了哈。”每每这时小卉就比我还放肆。

咔嚓！

我又和小卉合影一张，我的手每次都找不到地方，这次也不例外，但我决不能再放到小卉肩膀上了，人家可是有老公而我也是有未未的人了，再也不能这样了。

于是，我的手放在了小卉的腰上，搂得是那样暧昧。

我的电话似乎一直在零星响着，估计是短信，小卉一直嚷嚷着说李狂你老婆又来短信了还不快回一个，我就说顾不上她了，但这次手机响的是那么执着，估计连屋里的蚂蚁都能听到。

我只好接了："喂，喂？"

"喂什么喂喂的，你又在哪儿泡小姑娘呢？"是未未，电话那头挺吵的。

"没有啊，爬完山我们去吃饭一会儿就回家了。"

"吃饭怎么了，手机响了也不看啊？你现在干吗呢？怎么不回我短信？"未未气呼呼地问。

"哦，我，我没听见，打震动了，屋里太吵。"

"算了吧你，你跟谁在一起呢？"

"我大学同学，小强，还有很多丑男呢。"

这时候，那些"丑男"们就纷纷配合着：有的大声说话，有的很夸张地说李狂美女都等急了快把电话挂了，还有的很夸张的装女人声音……总之真正的女孩都没出声。

电话那头的未未也忍不住笑了，说："都是些什么人啊，学女声都学不像。我告诉你啊你早点回去啊，回家给我发短信。"

"是，首长！我将用最快的速度回家，请首长放心。"

"还首长呢，我要是首长早把你给毙了。快回家啊，我等你短信再睡觉，挂了。"

"嫂子生气了吧？"小卉问。

"她生气？我气还没消呢，要不是今天给你们面子我肯定在电话里就把她给骂哭。"

和往常一样，我的这番话又遭到"嘘"声一片。

"还是回去吧，别让嫂子等你。"小卉倒是善解人意。

“不着急不着急，我给她发个短信告诉她我已经回了不就完了吗？”

“这样不好，女人的直觉是很准的，回去吧。”

“回去，那么晚了怎么回去啊，按照惯例就住我家吧，我们聊个通宵。”老同学发话了。

“小卉可不行了，人家有老公了。”我酸溜溜地说。

“我老公出差三个月，他还鼓励我到同学家去住呢。”

“我到了老虎，安稳地睡吧，晚安。”

“到家了？”未未很快回了。

“已经躺在自己的床上了，很舒服地想你。”我撒谎了，其实我没必要，又不是偷情，但跟女人有时候用不着太多话解释，这样不是很好吗？她在鞍山家里安稳地睡觉了，我在这边跟同学玩。要是说了实话她反而会担心说不定半夜还要来电话“问候”呢。我这可不是撒谎，这叫“爱不厌诈”。

“给嫂子发短信呢？”小卉跑到阳台上问。

“嗯，唉，真累。”

“你老是对人家不好，小心有一天人家不跟你了。”

“我对她还不好啊？”

“那为什么不娶她？”

“结婚就那么重要啊？”

“我跟她同岁，到了这个年龄的女孩很想把自己嫁出去的。”

“为什么呢？”

“女人过了25就走下坡路了，过了30就很难嫁了。”

“所以你那么早结婚？”

“我是找到了我爱的人。”

“可是婚姻不能草率啊。”

“那你的意思是你还想换呗？”

“那可不一定。”

“花心大萝卜。”

“我可不花心，只爱一种人，那就是女人。”

“你们都好了三年了，再不结婚危险啦。”

“我真的不明白，两个相亲相爱的人干吗非要用结婚来折磨自己。”

“你不明白女孩子，你女朋友不是外地的吗，这种女孩最渴望有个家了。”

“仔细说说，你为什么跟你老公结婚啊？”

“喜欢和他在一起，想找个理由。”

“呵呵你真能装。”

“本来嘛，”小卉急了，“你呀，不结婚就是因为想得太多了。”

“你想啊，以后一旦觉得不适合了想分开了该怎么办呢？要是有了孩子那孩子该多遭罪啊？就算没有孩子，以后两人也都是二手货了，还怎么再婚啊？”

“你就是单亲家庭婚姻恐惧症。”

“是，而且致命的是这种病扎进了我的骨髓，我很想自治，可是很难。再说了，梁朝伟、周杰伦不都是这样的吗？”

“其实婚姻也是人生的一种经历，我爸爸有个朋友，男的，今年48岁，昨天结婚了，是初婚。我爸爸说那个人以前挺好，但40岁以后就有点别扭，有点自闭，因为到了该结婚的年龄他没结。人啊，到了这个年龄就要干这个年龄该干的事。就算有一天离婚那也是人生的一种经历啊，经历就是财富，这可是你说的。”

“怪不得你结婚了。”我痴痴地看着楼下的风景。

“没办法，当初以为打个兔子在腰里别着吧，谁知这兔子赖在身上不走了。”

“他对你好吗？”

“又问这个问题，反正比你对我好。”

小卉登记后告诉了我，我只问了她一个问题，就是这个：“他对你好吗？”问完了自己也觉得傻，要是不好小卉能嫁给他吗？

我早已往家里打了电话然后关了机，主要是手机快没电了，充电器没带，怕明天手机没电接不了电话。

没想到，发生了一件就连聪明绝顶的我都一点没预料到的事。

半夜 12 点，小卉的电话响了，接电话前还嘟哝着我已经跟老公汇报过了啊怎么还打来。一看是个陌生号，但还是接了，夜深人静，横七竖八躺在客厅地板上的一干人都能很清楚地听到电话那头的声音：“请问，你是小强吗？”

我一下子蹦了起来，睡意全无，可小卉显然是蒙了，说：“你打错了。”

“你先别挂，你认识李狂吗？”

“李狂？我认识啊，你是哪位？”

“他躺在你身边吧，请你让他接电话好吗？”那声音还是很礼貌可是很明显已经开始有点发颤。

我一个劲儿使眼色但已经很困的小卉没看见，已经晚了，万念俱灰的我只好接了电话。我自以为是的认为关机了未未也说不出什么来，可是却低估了这个狡猾的女人，她一定是暗中记下了平时和我电话联系最密的“小强”的电话。唉，最要命的是：小卉接电话的时候其他人都没出声，这更让未未怀疑我和那个女“小强”睡在了一起。

这会儿，我连死的心都有，恐怕跳进充满“汰渍”、“奥妙”的三峡水库都洗不清了。

“李狂，你怎么回事？你想怎么着？”电话那头的声音很空，带着一点回响，好像是在走廊。

“我在同学家呢，我们一群人，宝贝你别误会啊。”

“我没误会，你跟你同学相处是很正常的，我打扰了。不，是打扰你们睡觉了。”

“宝贝！”

电话那头已经传来了哭泣声。

“宝贝，不是你想象的那样，我们这有好多男的。”

“是，好多男的。”不说这句似乎还没什么，我话音刚落，被激怒的未未就劈头盖脸朝我来了：“都是男的，那个小强也是男的，谁都是男的，李狂你整天都把我当猴耍，你这点小聪明尽用在我身上了。我误会什么了我没误会，你说你已经回家了还说你躺在床上了，你躺在谁的床上了？李狂你好过分，我连夜赶回来就为了见你一面，我现在就在你家门口刚才给你家打电话了你妈妈说你单位有事不回家了，你有本事啊学会关机了。你这个混蛋混蛋混蛋混蛋……”

未未是一口气说完的，号称私密性强的某品牌手机却用极为夸张的大音量震得我耳朵发麻，同学们包括小卉如果不是聋子，也肯定全都听到了。我拼命解释着，但我的心在迅速发冷变硬，我知道就算我解释清楚了，这件事也永远会在多疑的未未心里产生不可抹去的阴影。

我的收入绝对属于中高端，但我出门不敢买新衣服，能坐公交车绝不打的，吃顿饭犹豫再三还得去吃拉面，吃拉面还得要小份的，只要一个茶蛋。

十

有时候，我就像一块钟表，在自信和自卑间来回摆动。

我少年得志，自命不凡，但家境贫寒出身卑微；虽然我比一般人强一些，但我的家庭比一般家庭要差很多，所以，我不能保证能带给未未她想要的幸福，尽管那个时候也许我并不知道未未究竟想要什么。我拒绝她的逼婚其实是因为我的自卑，我不敢保证我们的爱情不会输给细节，我不敢保证未未能永远爱我。

我也是都市里的白领，全市最大的广告公司策划部的骨干力量，我的收入绝对属于中高端，但我出门不敢买新衣服，能坐公交车绝不打的，能做五角的公交车绝不坐一块的，吃顿饭犹豫再三还得去吃拉面，吃拉面还得要小份的，只要一个茶蛋。我计算着每一分钱，每次有收入我都毫不犹豫地攒下来，因为我心中有一个梦，就是要为我的未未买一间有落地窗的大房子。我高大、聪明、帅气、幽默，观察力强，因此受到很多美女丑女处女豪放女富家女的青睐，可我没有半点动摇，我的眼里除了未未根本容不下其他人。

可是，就因为这件莫须有的事情，几乎彻底摧毁了我们的感情。未未敏感到极致，这种能力是天生的，这种敏感在我们俩还没好的时候就成功地嗅到了我对她存有的那么一点点的好感，我们才进一步发展。但是现在这种敏感是我非常不喜欢的，敏感多了就成了多疑。那件事以后，我使出了毕生所学，用了好长好长好长一段时间才暂时在表面上让未未消除了怀疑。但其实我知道，未未这样多疑的人始终在怀疑貌似花心实则尽干老实事的我，也许，她永远都不会再相信我了，就好像一个美国的公民被认为恶意透支信用卡十次，他还有信用度吗?

更要命的是，她发现了我们的照片，我是说那晚我和冷小卉嬉闹间而拍的那些照片。从表面看上去，证据确凿，连物证都有了，在她眼里，这就是铁证如山，我不过是死撑着不招而已，但她早已在内心宣判了我的死刑。

那件事之后一直到我们分手的前一天，我都会不定时地接到未未的电话："喂，在哪儿啊?"

"在家。"

"在家干吗啊?"

"想你呢。"

"好，再见。"

三秒钟之后，我家电话准会响起，我接："喂。"

"你在家啊?好，再见。"

有一次我忍不住了说老婆我不会再骗你了，你这样我们之间都失去了最基本的信任了，再说要是我想骗你那还不容易啊，我把我家电话呼叫转移到手机不就得了。没想到我一句玩笑之后她改变了策略，我的手机接到未未的问询后我家的电话不再响起了，而是门铃响了，一开门准是未未："你真的在家啊?"

从此之后，我几乎没再对她说过什么明显能被她戳穿的谎话，除了说她比章子怡、林志玲还有魅力之外。可是，她依然乐此不疲，永远都不相信我，更要命的是，她找了一个专门的本子记下了我手机里所有的电话号码，以前只关注名字是女的的电话号码而现在任何男性的名字也全都被她记录了去。她什么都没说，但我知道一旦我以后故意关机她找不到我，那么她会按照顺序一一给我的朋友们打电话。所以，我专门又到诺基亚手机专卖店买了两块原厂电池，以防有一天我的手机真的没电了那我在朋友们面前该有多丢人，我靠，现在我连睡觉都开着机了，要不一旦她打电话找不到我一准抓狂。

同时我也有隐隐作痛的忧虑：任何多疑的人本身也是愿意撒谎的人，因为自己愿意撒谎所以总担心别人也在撒谎。未未这样多疑，会不会她也经常在骗我呢?

每次这样想，我都不寒而栗。

唉，三年多了，分手之后，我经常下意识地反思自己。我是谁啊我是李狂啊，即便在最痛的时刻也保持着清醒，我很清楚未未离开我只有两种可能：一是我不够好；二是她是个傻子。很明显她那么精明，那么就只剩第二种可能我不好了。那些和她在一起的千万个细节一直在我脑海反复地折腾着，不是我折腾自己而是这些细节会主动跳出来。我不断地反思着，然后慨叹着对自己下一任女友的羡慕：我越反思就越成熟，越成熟下一任女友就会越幸福啊。

当然这种清醒的反思还勉强可以让人快乐一些，最痛苦的是那么甜蜜的回忆，所有甜蜜的回忆都是痛苦的。

“那么，所有痛苦的回忆岂不就是甜蜜的吗?你现在的痛苦成为以后的回忆的时候就会感觉很甜蜜了。”小卉这样安慰着我。

“有道理啊，你果然得到过我的真传。”

“唉，怎么说那个女人不要你了我也有点责任嘛。”分手之后小卉经常这样说。

“唉！”我又叹气了。

“怎么啦?”

“是我对不起你。”

“算了，别说了，我应该感谢你，如果不是你，我又怎会认识他。”

“你应该庆幸你们还没有孩子。”我也劝小卉。

“是的，你也应该庆幸没和她结婚。”

“但我经常回忆起她。”

“实在忍不住想她时就想想我。你经常想她什么啊？”

“想过去的一切，种种。和你聊天时就情不自禁地想过去和她聊天时她的神态，就想现在她和他在哪里亲亲密密地聊天呢。吃饭时就想过去我们在公共场合互相喂饭时的镇定自若，现在他们俩还会这样你一口我一口吗？甚至洗澡时我都想尽快洗完，因为我怕自己不断地在想象着他们俩是否会在一起洗澡，然后……”

我突然发觉好多年不流一次泪的自己居然又有要哭的冲动，于是立马打住。我不能在“小强”面前掉眼泪，那岂不是输球又输人吗。

最痛苦不堪的时候谷矜给我打电话了，谷矜居然给我打电话了，这可是她主动的。

在我最需要替代品的时候，她说我请你喝酒吧，请注意用词：是“喝酒”而不是吃饭。男人还腼腆一些说我请你吃饭，没想到这娘儿们这么直接，跟当年的林未未一个调调。

“幸福为什么来得那么突然呢？”

“怎么，不愿意吗？”

“不愿意。”

“你……你挺牛啊。”

“你请我我怎么会愿意，我请你吧。”

“呵呵，油嘴滑舌啊你，到时候再说吧。”

“是不是油嘴滑舌要试一下才可以说。”

“怎么试？”

“当然要用嘴和舌头试啦。”我笑笑。

“你是不是还想再要一巴掌啊？”

看来，我泡妞的本领是下意识的，即便是在失恋痛苦不堪的时候。

当然是川外川。

谷矜的穿着依然是那么简单，黑色皮装黑色皮裤黑皮鞋黑皮包，像个夜行女侠，我会是她今晚的目标吗？多希望是啊。

我痴痴地看着她明亮的眸子，她脖子上的那串美丽的项链，以及项链下面白皙的皮肤，还有，再往下……在冷酷的冬天，敢把穿着弄得几乎能让男人看到“事业线”的女人似乎不多。

我在强迫自己爱上她，哪怕，有点好感，至少在夜不能寐痛苦地思念那个甩我的女人时能让自己有点慰藉。

“如果你是个女飞贼，我是个名捕头的话，我一定会爱上你，然后一起私奔，浪迹天涯。”

“你倒可能是个好捕头，手段倒是有一些。”

“如果你没给我打这个电话，明天一大早你家门口就会守候着一位深情的捕头，然后送你上班。”

“别，怕你冻着。”

“我冻着你会心疼吗？哦，是不是怕我冻着所以今天才约我出来啊。”

“上次其实谢谢你，那天我身体不舒服所以对你态度不好，你别见怪啊。”

“可我还是觉得幸福来得太突然了。”

“你想什么呐，我又没说什么就是请你吃顿饭。”

“不是说请我喝酒吗？”

“怕你不行。”

“你又没试过怎么知道我不——行。”我有意把“不行”两个字说重，讨小姑娘的这点便宜我已经达到了博导水准。

“你果真——行——？”谷矜面露狡色，也把“行”字拖得很长，好像在占我的便宜。

“服务员，上酒。”

“要多少？”

“先来一箱吧。”我尽量装出东北人喝酒的豪爽。

“别别别。”谷矜打断我。

“怎么，怕了？”我笑呵呵的。

“你反复麻烦服务员你不烦人家也会烦嘛，我们干脆一次把酒都要齐好了。一箱怎么会够，服务员，麻烦你来两箱青岛纯生。”

我的妈啊，这简直是女版的李狂。

“钻石恒久远，一颗就破产啊。”

“你真聪明，上次在我家待了几分钟就能猜出我是做什么工作的，我就喜欢你的这个机灵劲。”

“好好工作，认识并善待你们那里的每一颗钻石。”

“那当然了，我可是大连地区的高级策划啊，专业熟着呢。”

“我是说，你要替我好好挑选钻戒，然后我会买给你。”我死盯着对方。

谷美女淡淡一笑：“泡妞就泡妞，别轻易承诺什么，钻戒这东西是随便买的吗？”

这个女人果然很淡定，好对手，好解药。

后来我才知道谷矜主动约我对我前后态度迥然不同的真正原因（肯定不是我猜中了她的工作），是因为要报复她男朋友，就是那个刀疤脸。但那个时候，我最大的心愿就是希望自己能够爱上她，越快越好，所以根本不去考虑她的真正动机，我只要每天晚上不再苦苦思念那个女人。

我们面对着面坐着，我说我去趟卫生间，回来后用命令的语气对她说到旁边坐给我倒个地方，她顺从了，于是我坐到她的旁边顺势拉住了她的手，搂她入怀。这套动作是那么熟悉，但那一刻我发觉她好像颤动了一下，后来又觉得不是她颤动是我好像过电了一般，那一刻我并没有丝毫的担心会再挨上她一巴掌。我似乎又回到了三年前，一个意乱情迷的夏夜，一个黑衣黑裙的小美女柔柔弱弱地坐在大楼的门口掩面而泣，委屈得像被人夺了最心爱的玩具的孩子。我紧走几步，站到她身旁，双手扶住她的肩膀，她站起来扑到我的怀里……

唉，多美好啊，每每回忆起这一刻，我都会觉得此生无憾，人世间那个被叫做“爱情”的东西咱也曾实实在在地拥有过，尽管，只拥有了三年多。

不行，我不可以再回忆她了，我要爱上谷矜，必须爱上她，不爱她也要上她。

“你爱上一个人最深情的表达方式是什么？”谷矜躺在我怀里问。

“用力。”

“什么意思啊？”她开始故作纯情状，我暗自偷笑。

“你不是说我爱‘上’一个人时的表达方式吗？当然是用力啊。”

“大流氓。”不知为什么，我觉得她说“大流氓”的时候是那么性感，跟未未一个样子。

“大流氓要上喽，大流氓要上你——家喽。”

“你带我去看海吧。”

“现在？”

“现在！”

你别说，亚洲最大的广场星海广场的冬天还真有不少人，都是一对一对的，不用问，都是让女朋友给逼的啊。没有哪对情侣能在这儿待上超过半小时，海风的确是无偿的，但也是无情的。女人就是爱所谓的浪漫，这种浪漫往往以鼻涕和感冒药而结束，但女人依然乐此不疲，以前未未也经常要我带她到这儿来，而且是越冷的天越起劲。

“我想问你一个问题，为什么那天在你家你对我那么冷淡今天又这么热情呢？”我没喝醉，即使醉了也被这海风吹醒了。

“我对你热情吗？哈哈，之后我还会对你热情的。”

“唉，我知道了，都是英俊惹的祸。”我叹了口气。

“哈哈哈哈，你还英俊呐。”酒后的谷矜像小鸟般跑向远处，留下银铃一样的笑声。

“别跑啊。”我追过去，却猛地发觉眼睛好像被什么东西刺到了一般，原来不远处一对狗男女正在狂野地啃着。我从未看过林未未在跟别人接吻时的背影，因为那个时候我总是在她的正前方跟她脸贴着脸，这回算是看到了，姿势很美。男方很呵护地把她全身都要裹住了，但那个侧脸我是不会认错的。我曾经在接踵并肩的大街上能够一眼认出未未，在这只有几对情侣的广场上怎会认错呢？肯定是她。

他回来了。

这个镜头我曾梦见过很多次，确切地说是在半梦半醒间想象过很多次：我最爱的女人跟她的新欢在我的面前，那么快乐那么放肆。我抓起身边可以抓起的我认为最能置人于死地的东西打向他……每次梦做到这里我就醒了，我一直想知道，有一天真遇到这样的事情后我会怎么办。

我发誓那一刻我的视力已经丧失掉至少80%，我看不清任何东西，我的脸一定是红红的，像喝醉酒那样，其实我本来就喝醉了。他们吻得是那样的投入，全然不知道旁边还有一个在苦海里挣扎的我。

为什么大连这么小？

我很想冲上去用烂拳砸向他，那一瞬间我根本就没去想能不能打得过他，我只想把他作为发泄的对象。可是三秒钟之后我冷静了，这样做多丢人，这样做等于对全世界宣布我输了，输得一塌糊涂。这个世界不会有任何人同情我。只有两个结果：一是他把我打倒在地，这样我相当于输掉了全部；二是我把他打倒在地，而这只会迎来未未愤怒的目光和对他更甚的怜爱。

我的心情是难以理解的，我很想大喊一声，但又害怕被他们看到，他们该多得意啊，尤其是他。如果我搂住远处的谷矜倒也不失为好办法，但这只会让他们看穿我是在故意掩饰痛苦，这是幼稚的人才有的做法。

人在最痛苦最无助的时候往往会突然变得冷静无比。我反而冷静了，装作一点都没看到他们慢慢走到谷矜身旁，搂住她，我想如果她拒绝我就马上和她走远，如果让未未他们看到一个美女当众拒绝我的搂抱那更是在我伤口上撒盐。我祈祷着，谷美女啊，给点儿面子吧，别拒绝我。

但正如我预料的那样，我抱着她的时候谷矜闭上了眼睛一副享受的样子。我和谷矜的位置正好在未未他们俩面前几米，我留给他们的是背影，我穿的是未未三年前给我买的羽绒服，相信她一眼可以看得出来。她看到我们甜蜜的样子而不知道我也看到他们了，我想这样也许可以让她心里也有一点酸酸的感觉，也许吧。在这种尴尬的情境下，这是我能想到的最合适的办法了。

“你看后面那两个人吻得多放肆啊，好羡慕他们，真的很相爱。”谷矜的头在我的肩上，痴痴地望着未未和他。

我拼命忍着不让泪决堤，谷矜问你很冷吗？在这种时刻我还保持着泡妞的条件反射，我说如果不搂着你的话可能会冷。谷矜哈哈一笑继而芳心大悦突然尖声喊道：“李狂！李狂！”她这一喊吓了我一跳，我微微侧了侧身子发现未未和他已经结束狂吻转而来看我，我精神为之一振继续装作没看到他们俩。谷矜说：“你来追我，追到了我就是你的啦。”然后一身黑皮的俏丫头疯疯地跑开了，绝美的身材甚至不亚于林未未。我忍着没有回头然后大喊：“我追不到你你也是我的。”然后也跑过去，留下一对一脸惊愕的狗男女（当然，“一脸惊愕”是我自己想象的）。

我不知道他们俩的表情和事后发生了什么，但这件事让我觉得很爽。反正林未未一点都看不出来我还在痛苦着，而我和谷矜的快乐也是在背对着她的情况下发生的，在她眼里是自然而不是装出来的。而谷矜又是那样的拿得出手，她对任何男人都有杀伤力，她的外部条件连林未未都会感觉到压力吧。

快乐了一会儿转而心情又开始阴暗了，刚才他们俩狂吻的镜头一直在我心里翻滚着，像一匹藏獒在啃咬我失血的心房。我又在想他们俩回去肯定又是温存，一番温存，就像我和未未曾经那样的温存。

“你现在最想做什么？”我在暗示谷矜太冷了该回了。

“你呢？”

“我想酒后驾车。”

“可是没车啊。”谷矜愣了一小下。

“你就是我的车。”

“我？什么意思？”

“我要上——车。”我把那个“上”字拖得很长。

“酒后驾车要扣驾照的，不嘛不嘛，流氓，非礼啦哈哈，李狂你这个大流氓……”

“李狂你这个大流氓要去哪儿啊？”

“什么什么啊，酒店你随便选。”

“什么什么啊？”

“你再装就在大街上啦。”

“我同屋的小姑娘今天不回家。”

我们迫不及待地开始了，“上车”之后我才多少有些后悔，我很想也给谷矜讲那个“禽兽不如”的笑话，我想知道谷矜也会像未未当年那样甩给我一个狠狠的巴掌，然后说句“禽兽不如”吗？如果那样该多好，这会一下子提高我对她的好感度。可惜我太着急了，笑话出口之前已经开始行禽兽之事。

这件事之后我欣喜地发现对谷矜我已经有了初步的好感，甚至在行禽兽之事时很少联想到未未。

好啊，一个好的开始。

但是一大早，谷矜对我说了一句三年前未未对我说的同样的话，连问话的姿势、语气都一样。这句话吓了我一跳。

谷矜问：“我们会结婚吗？”

林未未就是牙疼，谷矜就是止痛片。

十一

我爽爽地搂着谷矜，像三年前一样，我颤动了一下，但是立刻镇静下来。

“你敢和我结婚吗？”我反问。

“我就是随便问问，你紧张什么。”

“紧张说明我对你有感觉。”

“少来了，就算你肯娶我也不能嫁。”

“为什么？”

“因为你是个风流大流氓。”

“哦，敢说我流氓，好啊，我再流氓一次给你看。”

说完我又扑到了大美女的身上……

我很希望那个时候能接到未未的电话，我会装作半认真又半心不在焉的样子，最好谷矜再有几句嗔娇甚至呻吟。只有这样，才能让未未开心的心受伤，起码是有一些遗憾。

电话真的响了，不过不是林未未的。

我从被窝里探出一只手，在旁边的椅子上抓了半天才抓到我的手机，看了一眼，犹豫了好几秒终于摁了接听键。

“李狂吗？”

“是我。”

“李狂你有时间吗，我想找你谈谈。”

蓝女没有了以往趾高气扬势利到极点的态度，但这仍然没有减少我对她的厌恶。

“你觉得我们俩谈不谈的会有什么具体作用吗？”

“你不想知道林未未为什么要离开你吗？”

“还不是因为你。”我轻蔑地讥讽她。

“李狂——”

我旁边的谷矜把身翻过来了，我就势打断蓝女：

“要是没事我就挂了，我不方便接电话，我女朋友在旁边呢。”说完，没等对方回答我就挂了电话然后关了机。

我转过去搂住谷矜，这个小娘儿们虽然没问“谁给你打电话”，但一直虎着脸，跟未未一个德行。我只好主动招供：“我一个朋友，一个特俗的老娘儿们。”

“你女朋友啊？”

“不是。”

“分手也是朋友嘛，我以后要是跟你分手了你就这样对我啊？”

“真的不是，再说谁同意你是我女朋友啦？”

谷矜稍迟疑了一下，也没看出生气，然后点了一下头说了句“好啊”，接着拿起电话，我看见她好像只拨了三个键子就准备听了。我叫声不好上去夺她的电话，但电话已经接通了，里面隐约有人说话。谷矜一脸坏笑地对着电话说：“有人强奸我。”我喊了句：“别闹，电话拿过来！”然后一把夺过她的手机。谷矜哈哈大笑个不停，我满头大汗：“好玩吗？”

“不好玩吗？”

“一会儿警察非找你不可，刚说一句强奸电话就被挂了，110那边接线小姐会怎么想啊。”

谷矜又开始笑起来，脸蛋红扑扑的，半露的白胸脯一颤一颤的。

“你说的啊，我不是你女朋友，不是你女朋友还做这事你不是强奸就是骗奸。”

我这个时候也镇定了，笑呵呵地说：“警察要是来了，看见我这么帅一定不相信我强奸你，我还用强奸吗？我长得天生就是一副被强奸的脸。”

“呸！大流氓不要脸。”

“宝贝宝贝别闹了，一会儿 110 把电话打过来怎么办啊？”

“我可没说我打的是 110 哈。”

“你就拨了几个号那电话里就有人说话。”

“哈哈哈，笨蛋，我打的是 114。”

“好啊你骗我。”我又扑到她身上，去吻那笑得红扑扑的小脸。

我突然想起了什么，马上问：“你同屋的小姑娘什么时候回来啊，别堵被窝了。”

“这房子只有我自己住。”

“什么？你不是说……”

“废话，你是个陌生男人，我告诉你我同屋有人就是要给你心理上以震慑，一旦你真的非礼我咋办？”

我倒吸了一口凉气，又是一个林未未那样的精明主儿。

电话又响了，这回是谷矜的。王菲《我愿意》的音乐。

她看了下电话马上用头和肩膀夹住手机，然后两手抽起一条薄被子围住自己去卫生间了。

她去卫生间接电话时，我居然生出一丝醋意，但这更让我心底略有欢喜，这说明我似乎已经对她有一点好感了。但是，如果我爱上了她会不会重蹈爱上林未未的覆辙呢，她一点不比林未未傻。唉，不管那么多了，有一次我去治牙需要取神经，牙疼得厉害，当时我把五六片止痛片压成粉末撒在牙痛处。一次吃五六片止痛片当然对身体不利，平时我也不会那么做，但为了解决牙疼也只好那样了。林未未就是牙疼，谷矜就是止痛片，顾不了那么多了，等止痛之后再说。

谷矜回来时脸上似乎挂着泪。

“你男朋友啊？”我问。

“跟你有什么关系。”谷矜接了这个电话后又恢复了以往的冷酷。

“几时回来？”我问。

“几时回来又怎么样，难道你会想我？”

“从你回家后的每一秒我都会想你。”

“真肉麻，你留着骗别的小姑娘吧，不，是骗奸别的小姑娘。”

“我会给你发短信。”

“千万别，我受不起。”

“还生气啊宝贝。”

“才见过几次面就叫人宝贝啊，真花心。”

“要不我陪你回西安？”我说这话倒是由衷的，我真的没有勇气独自过这个年。

“你骗小姑娘的成本挺高的，不过昨晚我都主动献身了啊，你都得到了还这样？”

“我发觉我挺喜欢你的。”

“哈哈哈，我都快相信了。”

谷矜的冷酷和热情一样来得快去得更快。

谷矜似乎不愿在床上跟我纠缠了，她自顾自穿起了衣服。

谷矜毛裤上带拉链的大兜子吸引了我，“这是什么？”我问。

“裤兜呗。”谷矜爱答不理的。

“真奇怪，好丑啊。”

“丑？实用得很哩，我要做好长好长时间的火车啊，我把所有钱和卡都放在这个大兜子里，外面再套一件毛裤和一件外裤，在火车上想怎么睡就怎么睡，谁也偷不到我的钱。”

“那你用钱时多不方便啊。”

“把一些零钱和火车票放在外面不就行了，我这招屡试不爽。”说完，谷矜套上最后一条裤子。

我发觉我终于对谷矜有点感觉是在她穿裤子的时候而不是脱掉裤子的这一夜。以往我的那些“猎物”们大都弱小，起码是在我的掌控中，就连未未都一度在我的控制之内，可是眼前的谷矜却似乎一直在控制我。她那么独立，有主见，想见我就见，想骂我就骂，想让我“骗奸”她我就得乖乖地上，现在想让我离开我就得离开。

“怎么，你还打算住这儿吗？”谷矜穿戴好掐着腰看着我。

“我只是想知道过年这几天我能不能给你打电话。”

“不可以。”

“为什么？”

“大哥我可是漫游啊。”

“哦，那发短信呢？”

“再说吧。”

有个性，我喜欢！

不是我贱，而是，我的“牙”好像不怎么疼了。

靠，当时的我怎么知道，谷矜接到的那个电话果真是刀疤脸的，她根本不爱我，她一直爱着那个刀疤脸，就像我从未忘记过林未未。

快乐的回忆是最痛苦的。

十二

每到深夜的时候，我就会陷入回忆而不能自已。我的记忆力曾在我就读的初中高中大学基本找不见对手，但这绝好的记忆力反而成了双刃剑，现在，另外的一刃在死命切割着我，那些痛的爱的甜的酸的往事是那么清晰地一遍一遍一幕一幕涌上心头……

果真，快乐的回忆是痛苦的，那么痛苦的回忆何时才会变得快乐。

……

我是摔门出来的，虽然摔完的一刹那就后悔了，但还是义无反顾地走了。我知道这叫既输球又输人，反正输了，索性躲起来。

未未她们的房门一点都不结实，好像还被我摔的掉了一小块板子。夏天的周末风很轻，我记不得是第几百次从那所房子晚上独自回家，有情饮水饱，可是要攒钱买房子，有时候渴得我连水都舍不得买。每次回家都要赶两趟末班车，如果打的，这一个月我的收入就差不多都贡献给出租车事业了。我之所以毕业这些年身材恒定在标准体重，几乎每天都走的这段路有很大功劳，每天至少要一个半小时才能到家。也不知道有多远，反正从市区地图上看我家在最左上角，她的房子在最右下角，但每次都不觉得远，因为心里在甜甜地想着未未。

那天晚上我们是凑到一起打扑克的——本来我很喜欢玩的游戏，可是跟蓝女和王志彪一起玩真的是很郁闷很压抑的事。

他们俩的房子已经完全装修好，家具也全部买好，但蓝女非要放一放装修的油漆味。她现在每天最主要的业余工作就是下了班拿个单反相机到她的新房去“咔嚓咔嚓”，从大全景到大特写，反正她的工作就是摄影记者，然后让林未未做她的主要甚至是唯一读者，之后林未未就不断地给我发短信或者打电话问“咱们明天看房去啊”。蓝女虽然是百里挑一的大丑女，但心气极高且一直和未未暗自较量着。我个人认为蓝女最大的快乐并不是结婚也不是住上新装修的房子，而是把这一切告诉未未，然后欣赏未未因此而产生的怒气以及我们俩的矛盾。

未未偏偏就愿意中计。唉，谁让女人的天性就是爱比。我知道爱情是要有物质基础的，没有房子，爱情会被冻死。

其实我十分想拯救我们已经冻僵了的爱情，所以我像李亚鹏陪王菲打麻将那样陪着林未未打扑克。可惜我没有李亚鹏的耐心，其实我的耐心早在吃饭的时候就已经被蓝女消磨殆尽了。

王志彪正式到北京工作了，过去的这半年他是北京某著名企业的试用职工，他们的工作就是出差，不断地出差，这半年王志彪差不多就回来过两三趟。半年过去了，他终于成为那个与他老爸的公司有着千丝万缕联系的著名公司的正式职工。我曾暗自对未未嘀咕说王志彪在外面一定没干好事，否则怎么会这么毅然决然地离开老婆到北京，蓝女能受得了吗？未未还把我奚落一顿说什么距离产生美，老公出去挣几年大钱给老婆买大房子，老婆怎么会不高兴呢。

我一直感觉王志彪有问题，或者说他们俩的婚姻一定会出问题，距离可以产生美，距离也能杀死美。

两个暗战的老娘儿们张罗着要给王志彪送行，我实在不想去但又没有理由，不去显得小气，去吧我又不是主角，而且说不定还会和未未吵上一架。未未过来说你一定要去，你不去我过去当什么灯泡啊，这顿咱们请人家，我只好说好吧。

从她们合租房到那个饭店走路不过五分钟，可是蓝女坚持要等上十多分钟打一辆车过去。下车时两个女的又争抢着让自己的男朋友付车钱，我手快先把八块钱给付了，蓝女老大不高兴地非扔给我十元钱，为这十元钱两女的又争执半天，蓝女说我们家老王能报销这才作罢。未未说这顿饭给你们家老王送行我们请，蓝女说那怎么成，又是一番客套。

弄得我和王志彪两个大男人像是附属品在一旁尴尬地站着。我很清楚她们俩争着付钱绝不是客气，这也是一种暗战，双方在攀比着好像谁结账谁的男朋友就更有钱更有风度。

弄得我们这顿饭都没吃好，我想把手机掏出来看时间蓝女都会条件反射般喊道："别，我老公来结。"

我发誓不再跟他们俩一起吃饭，而事实上，这确实是我们四个人最后一次在一起吃饭。

吃得差不多了我喊结账，蓝女说我已经结了，未未发自内心地嗔怪她："说好了我们结嘛。"顺便还狠狠瞄了我一眼。

"嗨，你们省着点买大房子吧。反正也是花外国人的钱，你猜我老公他们公司一个月光是这些吃吃喝喝报销的钱有多少？咱们三个人，"她抹了下油乎乎的嘴，指了指我和未未还有她自己，接着说，"咱们三个人一个月的收入加在一起再乘以 2，你说这不是不花白不花吗？"

未未铁青着脸，我叼了个牙签在旁边露出不屑的冷笑，我们谁也没说话。

"小李你也不要羡慕，我们家老王说了，你这小伙儿是非常聪明的，迟早有一天能和我们家老王差不多。"

老王胖乎乎的，戴着金丝眼镜吃得满头是汗，蓝女无论说什么的时候他都在一旁边擦汗边点头应和着。我在心里慨叹着：这小子是上辈子造了什么孽啊，娶了这么一个又丑又硬的老婆，不对，一定是在外面做了什么亏心事，否则哪有这样窝囊的男人，见过这样窝囊的，但没见过这样很能挣钱却还这么窝囊的富二代。

"老王宅心仁厚很大度，在外面一定很招小女孩喜欢，这一点我自愧不如啊。”我实在忍不住了便挖苦了蓝女几句。

“我们家老王很能抵抗诱惑，是不是老王？”蓝女斜了斜王志彪，眼神有些异样，我一下子敏锐地从她的眼神中读到两地分居其实是她心底致命的伤，既然你不仁就别怪我无义啦。

“距离产生美嘛，你们这样其实挺好的，一个月见那么一两次也不吵架。老王整天忙工作哪有那么多体力跟那些小姑娘瞎扯淡啊。”我有意把“扯淡”两个字说得很重，让人禁不住浮想联翩。

“那当然啦，我们家老王可是对我发过誓的，是不是老王，你怎么说的啊老王？”

老王尴尬地不知道怎么办才好，只是不断地擦汗。

未未倒是有侠义心肠，她赶紧打圆场：“你们家老王简直是模范丈夫，还用得着发誓嘛。”

我赶紧把话接过来：“对啊，只有我这样不自觉的人才要发誓嘛，老王不用，真的不用。”

“那不行，老王今天在这里你再给我发个誓，省得有的人总怀疑你。”

呵呵，这老娘儿们又跟我较上劲了。

未未瞪了我一眼，意思是：就怪你挑事。我则得意的又拿起一根牙签看笑话。

老王沉着脸不说话，蓝女不依不饶揪着老王的耳朵说：“你快说你快说啊。”引得旁边好多人往我们这边看，连旁边站的服务员都忍不住笑出了声。

“你说过的，你要是背叛我跟别人好了你就怎么样，你说啊。”

老王实在没办法了，只好说：“好好，我要是背叛你就让车撞死好了吧。”

“这就对了，所以，你一定不要背叛我。”

没意思，本想看热闹的，这老王也太怂了点，这么快就投降了。

之后的安排就是打扑克了。我本想借故离开，但我看今天也许有热闹可看，打扑克时再给他俩扬点沙子，也许能看他俩的笑话。

这个世界很怪，两情相悦没成对象但快成了的时候这对男女干啥事都愿意配对，打羽毛球啊，打扑克啊，可是一旦成了对象，时间越长就越不愿意在一起配对。男女朋友在一起打扑克打对家，十有八九会吵起来。我和未未当然也不能免俗，谁不是从小被异性宠大的啊，她的追求者一个排，我的粉丝还加强连呢，谁能让着谁啊。

聪明的女人应该懂得给男朋友留面子，尤其当众。蓝女和未未显然都是看上去很聪明的极笨女人，两个人好像比赛一样骂自己的男朋友，我和王志彪也在较劲忍耐力。他像一条狗点头哈腰地说是是是，开始时我也唯唯诺诺的，还开玩笑说你们看我家老虎多厉害啊，我真怕她，她说了算。可是毕竟我比王志彪年轻五岁啊，也比他帅比他高比他更招女孩喜欢，只有我对女孩发脾气，什么时候需要对女孩这样容忍了。我努力地想找到蓝女和王志彪的矛盾点，可是王志彪就是不发火，任凭对方凌辱也笑嘻嘻的。

终于有一次我实在忍受不了了，这哪里是打扑克娱乐啊，简直是煎熬是遭罪是炼狱，于是我对未未说你才臭呢，我这么出不对吗，你叫唤什么你。

未未立马不高兴了，这是颐指气使惯了，都怪我平常把她惯的一句也说不得。两个人在闷闷地出牌，最火上浇油的是蓝女此时更大声地训斥王志彪，好像在对未未示威，你看你老公多没耐性，看我老公脾气多好。越训斥未未就越不高兴，明天她肯定又要跟我说你看人家王志彪多好，蓝女怎么说都不还嘴，我肯定反唇相讥说这样的男人还叫男人啊？未未准会反驳我说对媳妇好的男人才是男人，我肯定会说那你找他去吧，她听了之后又会嗤的一声，之后就肯定又是冷战，无尽的冷战……

我都烦死了。

我灵机一动借故去趟卫生间把闹钟定到了十分钟以后响，十分钟后闹钟响了，我假装接电话对着电话一顿瞎讲之后，告诉他们说我妈给我打电话说家里水管坏了让我回去看一看。未未立马又不高兴了，说要走你就快走我再找别人打，甚至还加上一句“整天就知道为了你妈”。

我的火再也压不住了，这件事太敏感了，我妈妈一点都不喜欢林未未，林未未也根本不喜欢我妈妈，即便有时候去我家也对我妈妈视而不见，甚至有时候进门连招呼都不打。

“我为了我妈不对吗？”我霍地站起身，眼神突然冷了下来。

“那你就回去呗，谁说不对了啊。”未未斜躺在叠好的被子上，漫不经心地摆弄手里的牌。

“别太过分了，我还是那句话：你怎么对我妈，我就怎么对你妈。”我厉声说道。

“要走就快点，我打电话再叫一个朋友过来。哎，你把牌给我放下。”未未还是一脸漫不经心的样子，紧接着还小声嘀咕了一句，“谁知道你是回家还是去哪儿。”

长时间的压抑，蓝女的咄咄逼人，巨大的心理压力，未未的不理解，才不到 30 岁的年纪，让我实在无法在那种情境下自控。我顺势扬起手中的牌，全部撒到了未未的脸上，然后在蓝女和王志彪惊愕的眼神中狠狠地摔门而去。

既输球又输人那就输吧，至少，我他妈赚了个痛快。

我们悲哀着爱人爱上别人的根本原因是我们太爱自己了，占有欲太强了……

十三

我独自走在那条街上，那条我走过了几百遍的街，却又忍不住不断拿起手机试图找出未未的短信或者电话。还记得我们第一次吵架我愤然离去，那是一个飘雪的夜。我一走出来就后悔了，于是拿着手机犹豫着，走到车站时偶然回头却发现未未就跟在身后微笑着站着，我冲过去抱着她，却把她的微笑抱成了眼泪……

“嗨，哥们儿。”一只胖手拍在我背后。

“是你啊。”我其实已经不太讨厌王志彪相反还挺同情他，他这人应该是个对结婚无所谓的人吧。对婚姻无所谓只有两个后果，一种赌对了找了个好对象；第二种就是赌错了娶了个恶妇或者嫁恶人。王志彪一定是第二种倒霉蛋型，很明显蓝女是天下第一恶妇，可惜在小富二代王志彪眼睛里却是个美女。半年了，他们俩就这么两地耗着，以后还将无限期地耗下去。一个北京一个大连，大连的蓝女好像是个妃子，或者是侧福晋，大连好像是王志彪的一个行宫。

他居然走出来找我，还是挺感动的，王志彪边擦汗边吃力地站在微风中：“哥们儿，女人不就那么回事吗。未未那么骄傲，说话是不太对，我都听不过去了。没事儿吧你。”

“没事儿，这老娘儿们我他妈迟早有一天甩了她。你说要是蓝女对你妈妈老是有成见，还没过门就闹别扭你咋想啊？”我一股气都倒给王志彪了。

“你们这么多年感情了，别意气用事啊。”

“你看吧，我非整死丫不可，小样儿吧，臭老娘儿们。”我一股脑儿把余火都倒出来了。

“其实林未未不就是有底火吗？底火就是房子。”

“我买房子那没问题，可是我真的买不起大房子啊。”我无奈地说。

“未未其实也未必就想要买大房子，她可能是想把她爸妈接过来。”王志彪说。

“接过来非得住150平米的房子吗？50平米就不可以？”我有些激动。

“唉，其实，小李你已经相当不错了，你错就错在不该找个同岁的。同龄女的肯定比男的成熟，比男的想问题想得多，想得远。”王志彪叹气。

我承认王志彪说得对，可是，又觉得有点别扭，也许这话不该由他说出来，说这话的应该是个大姐之类的好像还正常点。

“我觉得你小伙儿多棒啊，现在看着你每天那么痛苦，哥哥我都替你难受。”王志彪面露痛苦状，手搭在我的肩膀上，继续说，“你要是觉得不舒服了可以先放一放，女人嘛，你太主动反而不把你当回事儿了。”

“靠，什么叫放一放，我放到她跪着来求我！”我喊道。

“哥今天也看不过去了，这样吧，你回去先冷静几天，过几天再说。”王志彪说。

我心里还是有一些暖意的，唉，这种时刻跟兄弟发发牢骚绝对利大于弊，尽管王志彪跟我远远谈不上兄弟。但我说完就后悔了，跟一个外人说这些干吗啊，嘴真贱，哎呀不管了，回家吧。

短信来了。

我这个小贱还一阵激动，会是未未吗？

来自“小强”：

“我要死了，你能陪我吗？”

我笑出声了，回了一个：

“哪有你这样的人啊，要死了还拖我陪葬。”

“我好烦。”

“怎么了，老公又出差了啊，想我了？”

“我在百度酒吧，你能来吗？”

百度酒吧昏暗的灯光下，还是可以清晰地看得到小卉脸上的泪痕。

“想我想到泪花流啊？”我笑着坐下了。

一反常态，小卉没说话，幽幽地看着我，以往我们俩一见面就没个正形，今天这是怎么啦？

“到底咋啦，他又欺负你啦？”在喧闹的音乐中我喊道。

“我们分居了。”

“什么？”

“我们分居了！”

“啊？”

“陪我跳个舞吧。”

这地方音乐声很大，根本不给人“谈”的机会。当然这里本来就是猎艳的一等场所，各路猎手和猎物都在这里，有见过猎人打猎前和猎物们友好地坐在谈判桌前谈判：你好，请问我想把你抓回去吃了，你同意吗？

所以这里几乎用不着嘴。

小卉今天很反常，我和她平时打打闹闹疯惯了，没事儿搂搂抱抱、照个相什么的也不会有什么感觉。可是今天比较奇怪，她把整个人都陷进了我的怀里，我再心底无私也感觉到了一种暧昧。我们迟钝笨拙地随着音乐慢摇着，我很想问问她到底怎么了，可是她不允许我说话，只把头贴在我胸前，在各种污浊气味交织的酒吧，我闻到一丝小卉的发香……

接下来的事情既出乎意料又似乎顺理成章。根本没有犹豫，没有别扭，甚至没有一个暗示的笑话，我们俩就像结婚十年的老夫妻那样倒在床上，一切都那么正常。

对于小卉我不是没动过心，但我不是禽兽（而是禽兽不如），和苏菲一样小卉是我的红颜知己啊，我不能为了一夜或者几夜的欢愉就丢了那么多年的友谊啊。可是，这一次我没把持住自己。我为自己寻找着借口，是对未未的失望吧？为她三年多我守身如玉，结果还不是被奚落、被侮辱。

我又关机了，索性关机，因为我已经懒得再去编什么理由。事实上我也不怕未未再打电话来，因为根本不可能，冷战才刚刚开始。

“现在能不能告诉我你们俩到底怎么了？”

“下周可能就去办离婚手续。”

“你们不是挺好的吗？”

“他让我恶心。”

“你才结婚一年。”

“才结婚一年他就去找小姐。”

“啊？没有证据你不要乱说。”

“证据再也不能这么确凿了。”

“你捉奸了？”

“不是我捉奸了，是公安局捉奸了。”小卉眼里噙着泪水，“是我拿5000块把他赎回来的，单位的人都知道了。才结婚一年啊，我老了吗？你说难道我比不上那些小姐漂亮吗？”

我长叹了一口气，看着憔悴了好多的小卉，又轻轻将她搂在怀里。

“你找过小姐吗？”小卉突然问了一句。

“没找过，我嫌脏，再说了这多没有技术难度啊，任何人拿一点点钱就可以做的事我为什么要去做，再说我根本用不着找。”

“为什么他就要一而再再而三地去找？”

“你们平时夫妻生活怎么样？”

“再正常不过了，他要怎样我都满足他。”

我们俩谈论“夫妻生活”时是那么正常，我想即便此刻我俩不是这般搂在一起的情景，也还是会这样正常地谈论这个问题的，也许这就叫“红颜知己”。人生有这么几个红颜知己也算没白活。

“他为什么就这样放弃曾经最爱的我，放弃美满的生活？”小卉又激动起来。

“你先别激动，我问你个问题。”我说。

“你问。”

“他平时有没有什么能够刺激自己感官的爱好。”

“什么叫刺激自己感官的爱好？” 小卉问。

“就是抽烟、喝酒之类的。根据我的观察，凡是正常男人都得有个类似的爱好，这爱好跟下棋打扑克不一样，必须是能够给自己感官以刺激的。”

“他不抽烟也极少喝酒，这一度是我的骄傲。”小卉回答。

“这就是问题的根源啊。你没听人家说吗，一个男人如果既不抽烟也不喝酒的话必然好色。”

“为什么？”小卉几乎叫了起来。

“你别激动啊，这就是男人啊，男人就是一种感官动物。”

“照你的说法，男人还真是一个好东西都没有啦？”

“这句老话是有道理的。”

“那你呢，你有什么刺激感官的爱好？”小卉问。

“你还不知道我吗，我既抽烟又喝酒，所以不好色啊。”说完我点上一根烟。

“拉倒吧你，你还不好色？”

“我那叫招风，不叫好色。”我深吸了一口烟，“这是我第一次背叛林未未。”

小卉眼里的忧伤渐渐多了起来：“我命怎么这么苦啊，我聪明一世，怎么找了这么个东西。”

“男人总爱寻找一些刺激。”

“可是这刺激毁了我们。我要跟他离婚。”

“唉。”

“‘唉’是什么意思？”

“你要想清楚，如果你找了下一个男人，你敢保证他以后不出墙？”

“那就是说天下没有一个男人不花心、不出墙喽？”

“喜新厌旧是一种基本人性，别说男人，女人也一样。”

“那身为人岂不是很悲哀？”

“关键自己要看淡。我们悲哀着爱人爱上别人的根本原因是我们太爱自己了，占有欲太强了，当我们了解了他或者她一定会出墙出轨时我们就会在心理上适应了，等事情真发生的时候就不会那么痛苦了，大不了再找别人呗。”我继续发挥着我的歪理，不知道我这是在安慰小卉还是在为自己和林未未开脱。

“切，要是林未未跟别人好了你还不一定咋寻死觅活呢。”小卉当然很不屑。

一说到未未我的心就颤抖了一下。这是我第一次也是唯一的一次背叛，万万没有想到，就这么一次，就彻底摧毁了我们的爱情。

我下意识地去摸手机，开机之后没有任何未接短信。昨天晚上的气我早就消了，也许是我背叛了她心里有愧吧，刚才和小卉说完那些话我也在想，适当的肉体背叛也许真的可以促进情侣间的感情。

从酒店出来，我让小卉乖乖地在大堂的沙发上等我去结账。我偷偷摸摸的就怕遇到熟人，没想到刚把房卡和钥匙拿出来一张熟悉的脸就凑到我面前，还有一个很熟悉的声音立马让我魂飞魄散：“小姐，我就是老王，我和王经理说过了，开 1200 元的发票。”

王志彪每次回来都住蓝女的合租房，然后找酒店开发票报销，挖外企墙角。

他发现我的时候也吓了一跳，好像也在做什么亏心事，但马上反应过来了：“李狂，你干吗呢？”说完还努力地往我身后看。

我的心波澜壮阔地狂跳了五秒，但立即淡定了下来，这就是情圣的素质。

“哦，送一个外地朋友回去，你看，就是那个。”我指了指那边沙发的小卉。

“是吗，有什么行李要我帮忙拿吗？”

我又一惊，但又很快沉着下来。

“不用了，她的行李由另一个朋友先送到机场了。”我都快为自己处惊不变的镇静而折服，但接下来发生的意外却几乎让我崩溃。

“先生，房费320元，但您消费了一盒安全套，一共340元，这是单子。”那个服务台的小姐堪称本年度最不懂事的人。

即便是在这个时刻，我李狂的大脑也没有当机，几乎没加思索就笑了笑，然后像是自言自语地脱口而出：“瞧这俩人到大连旅游也没闲着。”

“你真够意思，还替朋友到酒店结账。”

“我才不帮他们结这个钱呢，她老公，就是她，”我又指了指小卉，“她老公和一个朋友着急去机场办理托运先走了，把钱留给我让我帮忙结了。”

王志彪点点头，像是发现了大宝藏，嘴都合不拢了。

“哦对了，蓝女没给你打电话吗？”王志彪突然问。

“打电话干吗？”

“林未未好像不太舒服啊，昨天晚上送她去医院了。”

“啊？她怎么了？”

“肚子疼。”

“现在呢？”

“估计在屋里躺着吧。我先来这儿弄个发票好回去报销，大概蓝女在照顾她吧。”

爱来爱去，才发现我们爱的其实是自己。

十四

我一下子着急了，未未的肠胃一向不好，准是昨天生气上火了。先把电话打给蓝女，她说她到单位了，刚想给我打电话。我对她没好气地说怎么不早给我打电话。她也对我态度恶劣说李狂那可是你媳妇就是因为你才肚子疼的还怪起我来了，还说昨天晚上给我打电话我关机。我这才不跟她一般见识了，但我总觉得她等到了单位才打给我，绝不是为了省两毛钱，而是故意让未未久等，等得越久就越羡慕她，因为有一次她病了告诉在外地的王志彪，他当天就打飞的回来了。

我用最快的速度告诉小卉我的未未病了，小卉真是出奇地善解人意，用我打电话向单位请假的时间帮我买了热早餐让我送去。

白天都去上班了，整个楼里没几个人。我轻手轻脚地走到门口，那道门还有昨天晚上被我摔过的痕迹，我听见里面依稀有音乐的声音，于是轻轻地下了一层楼掏出手机：

“喂，宝贝，你病了？”

电话那边没怎么说话，但好像开始有啜泣的声音。

“宝贝严重吗？”

“还活着，你忙你的吧，不用管我了。”

“唉，今天我们单位有十分重要的事，我们老总不给我假啊！我，我不能去看你了。”

“不用了，谁也没让你来看我，你不是忙吗，以后就忙你的吧。”

电话已经挂了，在挂的前一秒我几乎可以听到她的哭声。我知道目的已经达到了，于是悄悄地走近她的门口，试了试门把手，居然没锁，肯定是她给我留的，我猛地打开门。

未未坐在床上哭得好委屈，眼泪打湿了被子，她的睡衣很薄，头发很乱，旁边桌子上还有一些急性肠炎的药凌乱地散落着。

我好像没看到她似的把门关上锁好，麻利地把凌乱的桌子稍加整理一下把早餐放了上去，然后凝视着她，伸出了双手等她来抱。她赌气地把头扭到一边，我知道自己已经成功了。笑了笑，上前一步搂住了她，她象征性地甩了甩我，然后扑到我怀里，更加肆无忌惮地放声大哭……

我像哄孩子一样一边轻轻拍着她一边轻声自责：“宝贝不哭啊，都怪老公不好，昨天晚上电话没电了，怪不得昨天晚上我老觉得心慌慌的呢，几乎都没睡着。不哭啊，乖。”

我越是说不哭她越哭得厉害，安抚了好久她才由大哭转为啜泣。

“对了宝贝，你好点了吗？”我拿起桌子上的医疗手册，从极难辨认的字迹中找到了答案。因为我也有肠炎病，我知道了未未的病已经没什么了，但我还是说：“未未，你这病可要好好休息啊，可不能把我宝贝累坏了，以后谁再气我老婆我就跟他急。”

“你一点都不爱我，人家蓝女要点脾气你看人家老公是怎么表现的，再看你是怎么表现的。我就是故意要脾气看你对我有没有耐心。”哭够之后的未未开始发飙。

“对不起啊宝贝，老公一看那丑女就心烦。”

“别那么说人家。”

“难道她漂亮吗？对，可能她并不丑，可是她最大的失误就是和你在一起，总和你在一起再漂亮的人也觉得丑。”

这是我哄未未屡试不爽的法宝，果然，未未扑哧一下笑了，但马上又噘起小嘴板着脸：“我可没说原谅你哈。”

“那怎样才能原谅老公呢？”

“我没有老公，你又没娶我。”

“在我心里你早就是我老婆了。”

“那我们登记啊？”

“好啊。”

“别老说好啊好啊的，一点实际行动都没有。”

“等明年过了这个年。”

“又等明年啊，现在是夏天啊。”

“唉，我做梦都想着能娶你，我昨天晚上做梦就梦到娶你了。”

“花言巧语。”

“老婆，主要是你那么漂亮，我又那么花言巧语，我怕你被我骗了。这样，你再好好地看清楚我，等你彻底看清我的丑恶嘴脸了再嫁给我。”

“切！我饿了。”

“老公给你准备了早餐。”

小卉真不愧是结了婚的人，她买的早餐对于拉肚子的人来说正合适，而且分量又足，足够我们俩吃的。

“你这次早餐买得挺不错，是你买的吗？”

“当然了，”我想了想，确定刚才小卉帮我买早餐时王志彪没看到，于是更有底气了，“我问了卖早餐的人了，我就说我老婆拉肚子，我给她买早餐该买点什么，他就给我这些了。”

未未露出了笑意。

“你昨天上哪儿了啊？”未未突然问。

“我，”我不确定未未是不是给我家打电话了，所以不敢乱说，灵机一动只好说，“还能去哪儿啊。”

但未未岂是一般人啊，她继续追问：“快说啊去哪儿了啊？”

“当然是回家了啊。”我在那几秒钟想出了对策，我想就算她往我家打电话了，我就说我回去的晚不就行了吗。

但是显然未未并没有给我家打电话，她接着问：“那手机怎么关了啊？”

“啊，没电了。”

“我还以为不愿意接我电话呢。”

我突然灵光突现，马上接茬说：“你知道昨天晚上我手机为什么会没电吗？就是因为我太愿意接你电话了。”

“少来哈，对了，还没跟你算昨天晚上的账呢。”

“唉，昨天晚上我一走出门就后悔了。我一直在想你能不能给我发短信或者打电话呢，于是就一直掏出手机不停地解锁看，就这样把手机都看没电了。”

“那你为什么不给我打电话呢？”

“主要是我讨厌那两口子。”

“别老说人家，人家其实挺好的。”

“老婆我跟你打个赌，王志彪迟早有外遇，最快几天最迟三年，你信不信？”

“切，人家又不是你，老王不知道多会疼人了。”

“怎么你后悔了，要不你嫁给他啊。”

“你又来了，你的问题还没交代清楚，组织上还没原谅你呢，怎么，又想犯错误是不是？”

“不敢了领导，我就是表达一下对我们阶级敌人的仇恨情绪嘛。”

“谁是你阶级敌人啊？”

“老王啊。他那么让我老婆着迷就是我的情敌，就是我的阶级敌人。”

“你得了吧，老王才不会背叛他老婆呢。你会不会啊？”

我猛然想起昨天和小卉的一夜，哆嗦了一下：“当然不会，我比老王还不会，老王他老婆那么丑他都不会，我守着一个大美人就更不会了。”

“少来了，我不信。”

“那要我怎样你才信呢？”

“人家老王都发誓了，发的可是毒誓。”

“老王根本没把发誓放在心上，所以不是实在的发誓。”

“你怎么知道人家不实在？”

“他肯定有外遇，这不明摆着的吗，要不能对老婆那么好？”

“哦，对老婆好就是有外遇啊？”

“当然不是，比如我对我老婆好就不是因为有什么外遇。他那种好是一种畸形的好，那不是好，而是愧疚。”

“算了吧你，你发誓不发誓？”

“好，我发。要是我背叛了你，我就……”

“就怎样啊，我看看你对我到底有多死心塌地。”

“别闹了。”

“好，我在闹是吧，李狂你有没有大房子我都跟你了，不就图你这个人吗，图你对我好吗？可是你做到了吗？”

“好宝贝，我发。我要是背叛你就，就和王志彪一样吧。”

“什么和王志彪一样啊？”

“他不是说要是背叛他老婆就被车撞死吗，我也是。”

“好，这可是你说的。”未未得意地扬了扬脸。

以后当我回忆起这一幕的时候，心里总是觉得堵得慌，我以往的几乎所有女朋友都会要求我发誓以试探我对她们的感情，但还没等我说出口她们就会把我的嘴堵上，或者马上要我说“呸呸呸”以收回自己的话。我知道发誓当然就是那么一说，违反誓言遭到报应也许只是偶然，但她们不让我把很毒的誓言说出来说明她们很爱我，害怕我说出的那么难听的话成为现实。但是未未却很受用地把我的毒誓照单全收，也许她不爱我只爱自己，如果我真的背叛了她，她真的宁愿让我死。

如果她背叛我了呢，我是希望她死还是幸福？

爱来爱去，才发现我们爱的其实是自己。

未未她们屋就住她们两个，蓝女上班了，这里就是我们的天地了。我钻进未未的小被窝搂住她，我突然发现自己好像不可能立即一柱擎天，因为昨天晚上太累了。

以往这个时候我会想方设法“勾引”未未，可是今天好像未未的兴致更高些。我灵机一动，抱紧了她，抱得好紧好紧：“未未，我想。”

未未没说话就是默认了。我试着去剥她的衣服，然后好像自言自语：“唉，都多少天没跟老婆亲热了，好想好想啊，想得不行了都。”未未非常配合，看得出她也很想，未未说：“去拿吧。”

就在这个时候我好像突然反应过来似的，说：“不行，你的肚子还没好呢。”

未未面带羞涩轻轻地说：“没事了，不疼了。”

经过了昨天一夜我哪里还有“余粮”留给未未啊，但我一副很大义又很惋惜的样子说：“不行不行，如果你只是我女朋友我会那样做，但你是我老婆，我不能在你这个时候和你那个，我不能为了自己一时的快乐毁了你的健康。”

未未眼里流露出感激，把我搂得更紧了……

我好像中了情花之毒，每每想起未未就会痛不欲生，可是却没有解药，唯一的解药是断肠草，同样剧毒无比。

十五

和林未未分手 N 天。

谷矜不在的日子，我的各个脑神经已经不受自己控制。吃饭的时候我会想以前未未经常一口一口地喂我，我是说一口一口，用口来喂我。走路的时候我会恍惚旁边匆匆路过的 MM 就是她，在那 0.01 秒心里奇怪她怎么不挽着我的手臂。路过我们曾一起走过的地方我都会下意识地想：会不会再遇到他们俩？他会在寒风中拉住她的小手吗？她会在众目睽睽之下替他仔细地整理衣服吗？她发脾气的时候，他会笑着哄她吗？他们的房子大吗？有落地窗吗？哦，对了，他们客厅的墙上会是像她希望的那样满是她的照片吗？

我以为林未未不过是个瘤，割掉了也就罢了，可没想到，她是个肿瘤，弄不好还是恶性的，至死不愈。

糟的是“断肠草”把手机给关了，在我看来，谷矜是目前唯一能让我暂时不去想林未未的人了，可是，她居然把手机给关了。

小卉说她对不起我，我告诉她事情已经解决了，再说这事根本不能怪她。

苏菲在 MSN 里说她又要出国旅游去了。我知道如果找苏菲这样的老婆什么大房子大车子的就都不用愁了，苏菲他爸是有头有脸的大老板，娶了她，此生都无须奋斗了。可是我总找不到爱的感觉，我甚至觉得和苏菲谈恋爱就好像同性恋一样，我没事找她喝酒，她没事找我聊天，这就叫红颜知己啊，不是用来那啥和做替代品的。

大连的主干路上彩旗飘飘人头涌动，老娘儿们兴高采烈地从打折成性的商场里出来，出租车司机们喜气洋洋一个又一个地接活。大家都在忙活着过年，我却在忙活着过关。

我绝不能给她打电话，绝对不能，因为这样是在羞辱我自己。

我和老妈两个人度过了一个难忘的除夕，一个强颜欢笑欲哭无泪思念无门痛不欲生的除夕。

大年初三，我作出了一个惊人的决定（主要是让自己震惊），我决定去西安一趟。

我依稀记得谷矜说她是东财毕业的，我到东财的校友录好顿找，终于找到了她的班级，上面有很清楚的显示，明天是她的生日。

这么短的时间我根本不可能忘掉林未未，追上西安并不表示我有多喜欢谷矜，相反，如果我非常喜欢，反倒不会这么追了。我真的只是想找个替代品，让我把感情移到她的身上。

谷矜的手机依然关机，我敢不通知她就去西安的底气在于我弄到了她家里的电话。

我打到了她的办公室，自称是谷矜男朋友，值班的很疑惑还问我是王辉吗？我灵机一动说我是她新男朋友，我说谷矜关机了但我找她有急事，能不能把她家里电话告诉我。对方还是疑惑说你是她男朋友都不知道我们怎么能知道。我就说大姐求你了，她因为我而生气了我想去找她，你就当挽救一段感情积德吧。对方还是不同意。我瞎编说她怀了我的孩子，我一定要找到她家电话。对方这才“哦，那好吧，我给你找找”。

我拿到电话之后让一个女同学帮忙打了一下问是不是谷矜家，好像是她妈妈接的电话，说谷矜出去了，那个女同学说想去西安拜访她问她家具体住哪儿。西安人真淳朴，很仔细地告诉我们下飞机之后该怎么走，详细到每一条街的昵称，还说到了给我泡馍吃。

于是，我决定试一试，给她一个惊喜，大不了就当旅游了。

我精心准备了一份礼物，礼物固然重要但最关键是要惊喜。

未未身份证上的生日给登记错了，她的实际生日要比身份证上的早几天。还记得我们好了以后她的第一个生日，是她的实际生日那天，也是一个飘雪的冷得可怕的冬天，我故意惹了她小小的不高兴然后把她叫到“诺亚方舟”酒吧，又软言软语哄好她。她赌气地说：“我记住了，今天是我们俩好以后我的第一个生日，你气我了，你对我不好了，我记住了。”

她中计了！我故作惊讶状：“什么，生日？今天是你生日吗？你生日不是一月十号吗？今天才六号啊。”

“从一开始我就说我的实际生日是六号。”

“别闹了，你身份证上写得明明白白的，一月十号嘛。”

“不跟你说了。”

“那不行，不行我得去给你买礼物，你等我哈宝贝，我去给你买礼物。”

“不用了不用了，你知道了就行了。”

未未很明显地露出失望的神情，我演得像极了，抓起旁边的包说未未你帮我把包里的手套拿出来。

未未不耐烦地打开了我的包……

我永远都忘不了她看到包里我那份精心包装的礼物时的眼神，她笑了，笑中带泪，然后扑到了我怀里……

里面是一套昂贵的护肤品，上面还有一张卡，我就写了两行字：

"不用它 你也是世间最美

用了它 我心里很美……"

这些事我永远都忘不了，林未未呢？

西安的冬天没有想象中那么冷。

我按照谷矜妈妈提供的详细路线去寻找。西安人真的很泼辣很淳朴，问每个人他们都恨不能把你带到你问路的那个地方。

谷矜家是一个大院，在外面还隐约可以看到里面的人影。我喜出望外，决定在外面勘察勘察先。

可是始终没有看到谷矜的影子，我拿起手机给她的手机打了个电话，占线，再打，关机了。又往她家里打电话，还是她妈妈接的。

"阿姨，请问谷矜在吗？"

"这孩子她一早就走了。"

"哦，什么时候回来啊？"

"她回大连啦。"

什么？这对我来说简直就是晴空霹雳。

"什么？回，回大连啦？"

"这孩子，这回回来也不知道怎么就那么急，一年就回来那么一两趟，还那么急就走了，这才初几啊就走人了，她说公司有事。"

"她，她，几点的火车。"

"一早的，都走老半天啦。昨天她还有个女同学来电话说要来我们家玩呢，这孩子也不管人家就走了。你是谷矜的同事吧，你们那到底有啥事那么急啊？"

"哦，"我的反应还是非常之快的，马上接上了，说，"对啊阿姨，我们公司一到过年就忙，她走了我就放心了。谷矜在我们公司非常能干，离了她我们还觉得忙不过来。”

“这孩子有点鬼心眼儿，但不坏，你们多担待点。”

其实有那些古迹，即便冬日的西安也会有很多值得观赏的景色，但我却抵不住心底汹涌来袭的孤独感，我牺牲了几乎半个月的收入买的机票就这样白费了。苏菲曾跟我说过，不开心的时候就去旅游吧，可是我已经到了旅游的地方却无心观景，我觉得我必须得回去。虽然我和未未从未到这里旅游，西安所有的景色都不会勾起我和她的记忆，但这里对我来说太陌生了，我甚至感觉自已仿佛被一种巨大的恐惧和孤独吞噬。我宁愿在那些熟悉的景色中痛苦，也不愿在这座没有朋友的孤城疗伤。

我发狂地奔跑，跳上去机场的车……

孤独的恐惧持续了很长时间，终于回家了，机场。

唉，机场，在机场我曾手捧一束鲜花去接出差归来的未未，含蓄内敛的未未一见到我连行李都没等就冲到了我身边……

我的手机刚开谷矜的电话就来了。

“是不是你往我们公司打电话了？”

“没啊。”我撒谎。

“你少装，我们公司电话可有来电显示。”

“啊，你电话关机，我想你了找不着你就想问你家电话。”

“那你说我怀孕了干吗？”

“要不那个人不给我你家的电话号码。”

“你知不知道这对我影响有多大，你瞎说什么。”

“我就是随便那么一说，现在想想还真挺后悔，要不这样我再打电话跟那个人解释一下？”

“滚，李狂你玷污了我名誉，你给我滚远点。”

“别生气了，你怎么了宝贝，那天你还问我会不会娶你呢，你怎么老是喜怒无常啊。”

“我以后不想再见到你，我们那天只是一夜情，之后你是你我是我，不要再烦我了。滚！”

电话被狠狠地挂了。

我很想找个算命的算算今年怎么这么没有桃花运，难道是前二十几年都用完了？多年的女朋友跑了，好容易找个替代品也只替代了一夜，唉，到底怎么了。

我心底略微有一点为谷矜的态度而难受，好在这种难受可以稍稍抵挡一下林未未带给我的痛。

我开始反思我和林未未：我不够好，我给她的关心不够多，房子不够大，礼物不够多，陪她的时间不够多，对她的小脾气不够包容，而这一切都是他能给予她的。未未只是在追求自己的幸福，她又有什么错呢？

错在我。

电话又来了，我激动万分，可是，这次不是谷矜的，号码很陌生。

“喂，你好。”

“好你妈。”

“你谁啊，打错了吧。”我不知道是谁。

“你是不是想找死啊小子，敢泡我马子。”

“泡你马子？”我冷笑了一小下，“我他妈也单身呢，我马子被别人泡了我都自己挺了，你到底是谁，是不是打错了。”

“你和谷矜到底怎么了？”

我猛然想起跟谷矜刚认识的那天我吐到了她的身上，有个刀疤脸还差点打了我，还有那天我往谷矜办公室打电话时，我自称说是她男朋友，对方第一反应我是不是王辉。

我灵机一动："哦，你是王辉吧。"

"哦？你也听说过爷爷的大名？"

果然是他。

"当然了，矜矜都告诉我了。"我故意气刀疤脸，"你妈的……"

"别婆妈了。"

"你今天找我是什么意思？"

"什么意思？你敢不敢出来跟我谈谈。"

"为什么要出来谈，在电话里就不会说话了吗？"

"你想做我儿子的爸爸了？"

我又一愣，难道谷矜真的怀孕了？怀的是这小子的孩子？对了，肯定是，要不谷矜怎么会对我和她公司的人说"怀孕了"这么敏感这么发怒呢。

索性把他俩搅黄了吧，虽然我并不爱谷矜但毕竟有过一夜感情，我可不希望以后谷矜在这小子手里遭罪。再说我的妞不也被人撬了，我早有报复之意，不管报复谁，只要看到别人的女朋友也被人撬我就有一丝兴奋感。

"你儿子？兄弟别逗了，是谁的还不一定呢。"

"你妈的，你和她什么时候认识的，什么时候上的床？说，你快说。"我能感觉到对方恨不能钻进电话话筒里来打我。

我的目的已经达到了，便冷冷地扔了一句话："这你就急啦，你小子一点架都没有，再骚扰矜矜我他妈干你。"

我是谁？我是情圣啊，高手中的高手，我数次故意叫谷矜"矜矜"，那不过是信口雌黄气那小子。谷矜对我那种态度肯定是因为这小子，是她发现自己怀孕了所以才远离我，把他俩搅和掰了我不就有机会了吗。

我把电话挂了，任凭王辉怎么打来都不管不接。但我猛然又想起了一个问题，要是我真爱上谷矜了该怎么办啊，她还怀孕了啊，一个大烂女，我能娶她吗？后来我有了天真的答案：我要在发现自己爱上她的第一时间离开她，即便爱上了她那么短的时间要忘记也容易一些。后来我又想，一旦她爱上了我怎么办呢？我再把她甩了？唉，不管那么多了，自己的情伤还没治好呢。再说谷矜也是见过大场面的人，不会因为我而怎么怎么样吧。

我胡思乱想着，却扑哧笑了一下，靠，我有多久没有眉眼俱笑了啊，这笑意源于一种报复的快感，十几天前在电话里我和刚才的王辉一样对他歇斯底里，对方像我一样慢条斯理然后挂掉电话再也打不通……

紧接着这种快感又被痛苦和耻辱感所替代，我拿起手机按掉王辉的第N次来电，然后拨通了他的号码，对方同样挂断了我的电话。

当时我就觉得未未很诡秘，但又不知道为什么。

唉，很快，我就知道了答案。

十六

我清楚地记得那也是一个飘雪的季节，但我的心该有多么火热啊，因为，因为，因为我终于凑够了那个房子的首付，今天，就是按照约定交钱的日子了。虽然，那个房子只有60平方米。那又怎么样，我又不是富二代官二代，我完全靠自己的能力凑够的首付，够牛的了吧。

我知道未未不太满意，除非60后面加个“0”，其实未未也不是那么势利的啦，她只是想把爹妈接过来。我想我会满足她的愿望的，等我再有了钱，我给岳父岳母也买一套，就算他们马上想搬过来也没问题啊，可以让她爸妈卖掉在鞍山的房子，我再帮他们凑一点，他们也买一个60平方米的，就在我的这个小区，那比住在一起还好啊。哈哈，我的小幸福，也不是那么难嘛。我美美而天真地想着，其实我也不是意淫啊，我在我们公司越来越成为技术上的高手，几年买套小房子也许不是奢望。我兴奋得一晚上无法入睡，我甚至在想我该怎么样装修才会显得房子大一点呢。

我打算今天一起床就去交钱，嗯，现在就起床。

给未未打了个电话，居然关机，这头懒猪，也不想想今天是什么日子。不过多睡一会儿也好，一会儿精力充沛地去买我们的第一所房子。

如果不是天还冷，我都情不自禁想穿上西服系上领带了。我情绪高涨地在网上百度着“小户型装修秘籍”之类的，活像一个孩子还没生出来就急着订娃娃亲的老娘儿们。

电话响了，一个陌生的号码，却是一个熟悉的声音：

“你在哪儿？”未未语气急切。

“我在家啊，正准备找你去呢，咱俩一会儿就去交钱。对了，你电话没电了？”

“嗯，忘了充电了，李狂我跟你商量一件事。”

“你是要告诉我咱们不要一号楼的要七号楼那个？也行，就是那个北阳台的面积太……”

“李狂你听我说，咱们能不能先不买房了？”

“啊？”我愣了，“为什么不买房，你不想跟我结婚了？”

“李狂，我爸病了。”

啊？岳父病了。我急忙问：“是不是心脏的问题。”我去过未未家，知道她爸爸的心脏是大问题。

“心脏病，昨天幸亏送医院送得早。”未未说话已经带了哭腔了。

“别急，你现在在哪儿？”

“我已经在火车上了，问旁边座位的人借的电话用。”

“你等我，我马上去买火车票过去。”

“不用了宝贝，你，你能不能借我点钱用。”未未在电话那头很犹豫。

“好，借多少？”

“十万。”

这回轮到我犹豫了。

“啊，但是我们真的不买房子了？”

“我爸爸需要做搭桥手术，听说那个支架老贵了。我，暂时没有别的办法。”

我有三秒钟没说话，未未那边已经开始哭了。

我慌忙说好你别急我们再想办法，可是我并没有说好吧我马上打给你十万块钱。因为十万块钱对我来说意味着一套房子首付的一半，那其实也不是什么房子的首付，那是我的幸福，可能是一生的幸福，是我毕业几年连吃拉面都不敢加肉而节省来的，我，那一刻真的犹豫了。

“我就知道你说爱我是假的，我又不是问你要十万块钱，我会还给你的，我爸爸手术急需的。”未未大哭起来。

我不是那么的心疼十万块钱，尽管它是房子首付的一半啊，我是心疼这房子，我其实也不是心疼这房子，我是心疼自己的幸福，因为我已经交了定金，现在必须要交首付，否则五万块钱的定金是不退的。也就是说，我不马上交上余下的部分，那么，已经交的五万块钱就没有了。

“未未，你先给我你的银行卡号，我帮你想办法。”

“我家的钱都套在基金里了，一时半会儿还拿不出来，今天就要手术了你一定要帮我。李狂，你一定要救我爸爸。”未未哭着，电话里还夹杂着轰轰的火车声。

记完银行账号之后我放下电话，心头却犹豫得很。马上给售楼处打了个电话，对方很明确，我之前交了定金而不是订金，所以按照协议约定必须在三天内付首付余下的部分共十五万，否则定金五万块钱一分不退，毫无商量。

妈的！

也许，未未还有其他的办法，也许未未的妈妈可以借到钱，也许……

一时间，我脑子里闪出各种念头，但很快就做出了决定，没错，我很清醒，房子很重要，但，女朋友更重要，人命更重要。我跑了两家银行，才取出十万块现金，然后立马飞奔火车站买最快的到鞍山的火车票。可是，最快的也得傍晚才开。我在火车站等待着，怀里抱着毕业几年几乎全部的积蓄，抱着我的梦想……

鞍山的夜很萧瑟，未未的手机一直没开，家里电话也一直没有人接，一个人在鞍山的我这才有点慌了。幸亏我百变机灵，拿出电话打114，问鞍山都有哪些医院。可我的电话又没电了，唉，只好到处找地方先充电，又找公用电话打114，问了几个大的医院的地址。这点聪明我还是有的，我选择了离未未家最近的那个医院打车过去，未未爸爸的名字我还是知道的，哈哈我真是个天才，还真让我找到了病房。

未未和她的妈妈脸上还挂着泪花。未未说：“妈，你回去吧，我在这待一晚上。”

未未妈妈：“你爸刚做完手术，今晚我肯定得在这儿，你赶紧回家睡觉去，明天回大连上班。”

未未：“妈，我这几天请假了，你回去吧，从昨天晚上你就没合眼。”

“你不用管我，你去吧，好好谢谢你那个朋友，没有他，你爸手术哪能这么顺利。”

我听了不由得心生疑虑，哪个朋友啊，医生朋友？还是借钱的朋友？

母女俩又争执了一会儿，未未这才看到了站在门口的我。

我怯生生地和未来丈母娘打了一个招呼：“阿姨好。”

对方报以牵强的一笑：“小李来了啊，这怎么好意思呢，你快坐。”

我尴尬地说：“我来，看看叔叔，刚到。”

丈母娘：“这怎么好意思呢，听未未说你那么忙。”

“再忙也得来啊。”我从衣服里面拿出用报纸包着的十万块，说，“阿姨，我一听说这件事就马上取了钱，一分钟都没耽误就赶来了。之所以现在才到，是火车票不好买，这钱是我现取的，您先拿着。”

未未妈妈的眼睛里有了一些和善，看了看钱又看了看我，又看了看未未，说：“小李啊，你有这个心我和你林叔就很高兴了。我家不富裕，但是这钱我不能要，我听说你们不是要买房子了吗，你拿着去买房子吧。你林叔手术的钱我已经准备好了，不过阿姨还是得谢谢你。”

“钱已经准备了啊，未未。要不，我这钱先放着，万一有需要还能用得上……”

“真的不用了李狂，谢谢你了。我们已经准备好了钱。”未未的语气里似乎带着嗔怪而不是感动。

我只好收回了钱，但我总感觉我这几百里送钱似乎没得到什么认可，这母女俩心里到底想着什么，是因为我送钱送晚了吗？刚才丈母娘提到的“未未的朋友”到底是谁？他借钱给的未未？“他”是男的？

我脑子里闪出了一系列的问号，但又不能直接问，只能尴尬地坐了一会儿，好容易熬到要熄灯了，未未妈妈说你们俩赶紧走吧，我们这才起身离开。

鞍山孤独的街头，我们俩一直走着，谁也没说话。我感觉未未心里貌似已经有了隔阂，但还是忍不住问了一句：“未未，你不是说你家的钱都买基金了吗？你爸爸治病的钱是你问谁借的啊？”

未未低着头不说话。

我又说：“未未，用我的钱先还给人家吧。”

未未抬起头看着我：“那咱们的房子不买了？”

我犹豫了一下，马上说：“难道房子比你更重要吗？”

未未脸上已有泪花，把头埋在我的胸前，她的香立刻再次征服了我的心。未未说：“我有一个大款同事，我的一个姐妹儿，她借给我的钱，很好的朋友，你先拿你的钱去买房子吧。”

我搂着未未走在风中，未未突然停下脚步，说：“李狂，谢谢你。”

当时我就觉得未未很诡秘，但又不知道为什么。唉，很快，我就知道了答案。

用三个月就决定自己命运的人，命运也用三个月结果了他。

十七

我准老丈人的病断断续续治了几个月才算稳定，这期间用了很多医保不报销的药，住院也总是用单间，但未未没再问我借过钱，也从未见她的生活质量有任何的下降，我只能感慨她怎么有那么慷慨的同事。

那个时候我和蓝女活像两个傻子。在各方面比她优秀的未未面前炫耀已经成为蓝女生活不可缺少的一部分；而我整天琢磨着我的广告创意，忙着赚钱换掉那个60平，买未未要的“有大落地窗的大房子”。

未未很喜欢看电影，这也许是她唯一的爱好，不，是除大房子之外的唯一的爱好。蓝女放着装修好的房子不住，非要继续住合租房，也是，老王不在，她一个人，身边缺少像未未这样的入戏观众，生活会缺少很多快乐的。蓝女和老王出去购物了，我和未未躲在合租房看碟，关之琳的烂片《做头》。我迫不及待想看的激情戏还没来呢，他们俩就回来了，手里拎着一大堆纸袋子，蓝女笑呵呵的一脸满足的样子。我怀疑蓝女故意早回来，因为再晚点我和未未就出去吃饭了，就没法欣赏她逛街的成果了。

未未并没像往常那样用羡慕的眼神看她以及用恶毒的眼神瞪我，而是静静地看这部烂片。一脸青春痘子的蓝女炫耀了一会儿，自己觉得没趣就和老王坐下来一起看。我说看吧，有激情戏。

这部片子实在太烂了，我们四个人静静地看，我知道林未未又在自作多情地对号入座。关之琳扮演的是一个年龄有点大了的大美女，嫁了个没有钱的老公，到外面寻找激情，影片渲染了她对于自己婚姻的后悔。

未未一边看一边说：

“大美女，关之琳是大美女，她本来就不应该嫁给他，可惜了她是个大美女。”

老王偷偷瞅了一眼她，蓝女却看了看我，说：“就是就是，美女配英俊有钱的老公是天经地义的，是吗？”

未未好像和她找到了共同语言。

“你说爱情是什么啊，我猜结局是关之琳和她老公离婚了，这样对他们两个人都好。”

“对，吴镇宇演的这个死文人我一看就烦了，你说他们俩怎么就走到一起去了呢。”我总觉得蓝女说这话的时候有意无意地瞄我。

“大美女的归宿不应该是这样的。你看关之琳把这种心态演得多好啊。”

“就是就是，嫁人就是要门当户对。”

“那，大美女的归宿应该是什么样的呢？”我问。

“当然是嫁入豪门啊。”未未回答。

“嫁入豪门之后呢？”我问。

“之后当然是幸福的生活了。”

“哦，嫁入豪门就一定会幸福？”我面无表情。

“那当然了，爱情的基础就是物质嘛。”蓝女似乎有些急了。

最能忍的老王也忍不住了：“这不就是电影嘛，老扯什么。”

蓝女马上表现出不高兴，好像狱警突然发现平时恭恭敬敬的囚犯怎么变得那么嚣张，她马上有反应了。

“你又想找事儿啊，你干吗啊，我们女的说话你掺和啥啊。”

“你们快看吧快看，一会儿就有激情戏了，这些都是假的，一会儿才精彩呢。”

“李狂怎么这么下流现在。”

蓝女现在已经习惯把对他老公那套用到我身上，但我依然保持着不卑不亢：“我原本就下流啊，从来没上流过。”

未未烦躁地皱了眉头说好了你们别说了快看吧。我很想说是你在讲啊，但一想当着蓝女的面我要对未未非常好才行，否则岂不是中计了。

我盼望的激情戏最后好像也没出现，彻头彻尾的烂片，但未未似乎一直在沉思。

蓝女说：“李狂你帮我们策划一下吧。”我说：“策划什么？”她说：“婚礼呗。”上一秒还在沉思的未未一下子跳起来：“你们要办婚礼啦？”然后死盯着王志彪看。

蓝女说：“怎么像你要办婚礼似的，我妈下最后通牒了，说都登记那么长时间了那就快办了吧，反正房子也装好了。”

王志彪站在那里也不说话，只是低着头擦汗。

“李狂，你不是号称策划天才嘛，你们公司不是也有策划婚礼这项业务吗，能给便宜一些吗？”

我心生厌烦，有心羞辱她，便说：“我们公司所有成功的婚礼策划都是我来做的，兼做礼仪包括婚车礼花婚纱主持人摄像等等等等，要不你选个菜单吧。”

“什么菜单啊？”

“就是你需要我们公司做哪些业务，我们有个菜单，但我们低于十万的单子不接。”

“十万，你们抢钱啊？”

“十万块不就你家老王几个月的报销钱吗，你们要是结婚可不能选择十万的，那在我们公司属于忒没面子的客户，一般保安都不愿意搭理十万的。就你们这身价，我给你报个20万的单子吧，估计这样你进门那服务员才可能给你倒水。”

未未终于笑出来了，扑哧一下子，但马上又缩回去了。

这蓝女也不是善茬子，她马上反击：“你们公司这么牛你怎么就不买个大房子啊，让我们未未去住那个 60 平的小房子？”

“我过几年买个大的。我们俩买两套房子，将来房价再涨我们就卖一套赚钱。”

“李狂你还是脚踏实地一点。一套房子一辈子都还不完，你还两套房子，你以为你真能卖出 20 万块的单子？”

我刚想反唇相讥，但未未把话接过来了，说：“大能人，你就义务帮他们俩策划一下呗。”我当时并没有注意到她说这话时没有任何表情甚至没有任何语调。

晚上王志彪说他要走，说打车可以送我一段反正也能报销，我一听报销就来气，我说我自己溜达溜达锻炼身体。

“我们家老王全国各地跑，但身体也不差啊！”

一直沉默的我一笑，刚想反驳。

未未突然说：“我弟弟可能要离婚。”

什么，离婚？未未曾经跟我大吵一架就因为她弟弟，因为她弟弟的爸爸妈妈倾尽了所有积蓄为她弟弟买了一套房子又加装修，风风光光地办了场婚礼。未未总说你看人家婆家不管有钱没钱都倾尽全力，我说农村和城市不一样，然后她就说不都是结婚吗怎么不一样，再然后我们就冷战。

靠，现在他们怎么就离婚了呢？我心底有点幸灾乐祸，用三个月就决定自己命运的人，命运也用三个月结果了他。

我知道未未本来不想说给我听怕我得意，但不知为何就说了，她叹了口气：“我弟弟那老婆就是为了骗房子才结婚的。”

“怎么回事儿？”我问。

“唉，我大姑全部的积蓄啊。”未未叹气。

“什么骗房子啊，结婚了就属于双方共同财产了。”我企图给未未扫盲。

“可是那房子写的是我弟弟老婆的名，而且没贷款，还是他们登记之前买的啊。”

“那是谁拿的钱呢？”

“当然是我大姑啊，所有钱都是我大姑拿的。”

“啊？你弟弟傻啊？”

“不傻他能结婚啊。”

我想说你看你也认为结婚很傻吧，但我忍住了没说。我更想说你当初怎么说的你弟弟，你不是一直想让我家跟你弟弟家学吗，倾家荡产去给你买一套大房子，你看这是什么结果？但我还是忍住了。

“你怎么现在才说啊。”

“这不老王说他要去沈阳我才想起来吗？”

“怎么你要回去啊？”

“是啊，我想回去，正好跟老王一起顺道走一段，有个伴儿也安全些。”

蓝女马上接腔：“也好啊，你跟我老公走一道儿上你就什么钱也不用花了。”

“你弟弟离婚你回去有什么用啊？”

“我劝劝我弟弟，也帮他们把房子拿回来。”

“你又不是学法律的。”

“但，我大姑这个时候很需要我啊，她很难受现在。”

“总之我觉得你这个时候去不大妥当，况且周一你不还上班吗？”

“我去看看我大姑，从小她对我可好了，现在我应该回去安慰一下她嘛。况且我爸妈也希望我回去一趟，我爸爸身体刚稳定一些，我有机会就想回去陪陪他。”

“对啊，人家回娘家你也管啊李狂，你也太不自信了。怎么不放心啊，跟我老公顺路你还不放心啊，你都应该跟着一起回去。”蓝女可找到机会报复我了。

“未未，要不我跟你回去吧，正好我也那么长时间没见你爸爸妈妈了。”

“不用不用了，你明天不是还有事吗？”

“没关系，我可以推掉。”

“那哪儿行啊，你的工作最重要，你不想给我买大房子啦？”未未笑着说。

“不差那一天，我今晚就可以把工作做完。好了别争了，我愿意陪你回去，而且必须陪你。”我很坚决。

“嗯，也好。”未未嘴角挤出一丝笑意。

王志彪是个胖人，总爱流汗，一直在不停地擦。

晚上，我独自走在回家的路上，街边吃烧烤的人很多，我寻思着明天一大早应该到海鲜市场去给未来岳父岳母买点海鲜什么的，未未的电话来了：

“宝贝回家了吗？”

“还没呢，我明天一大早去海鲜市场给岳父岳母带点海鲜啊？”

“不用了，我爸妈对海鲜也不感冒，要不明天你别去了。”

“为什么啊？我很想他们。”

“我家现在乱着呢，再说明天你还要工作啊。”

“工作比不上老婆重要。”

“宝贝，我不喜欢你这样，你必须好好工作，别忘记了你还要给我买大房子呢。”

“那好吧，我明天去火车站送你。”

“好，到时候我给你电话。”

不知为什么，突然下起了瓢泼大雨，浇散了街边那些吃烧烤的。

我没带伞，未未也没再打电话过来问问。我没有理会身后那辆跟着我以为我铁定打车的出租车，只是呆呆地走着……

我这是怎么了啊，女朋友回趟老家，我至于这么耿耿于怀吗？

在火车站看到我时未未显得异常热情，甚至给了我一个熊抱，好像分别了几年的情侣。这种热情十分可怕十分反常。

十八

“喂，老婆起来了吗？”

“嗯起来了，正刷牙呢。”未未在那边吐字不清地说话。

“几点的火车啊？”

“我还没买票，反正现在票好买，我下午去看看。”

“下午我到火车站等你。”

“不用了你去忙吧。”

“要去要去。”

“好吧。”

“怎么还不情愿啊。”

“我不是怕你累着吗。”

“如果不是送你，我肯定会累。”我贱兮兮地说。

我把连夜弄好的一个创意文稿拿给客户看，平时，我不喜欢的对客户营销不利的创意我向来拒绝，但是今天却对客户愚蠢的修改意见没那么激动，只说好吧我回去再看看，一心想快点结束工作。

好容易到了中午，我对客户说明天再拿给你看吧就溜了，赶紧跑到商场买了两瓶好酒两条好烟。

我在火车站狂打电话，未未终于接了，像是犹豫了好久似的。

我听到了电话那头的火车声音,疑惑的我还傻傻地问:“未未你在哪儿？”

“在火车上了都。”

“哦，不是下午等我送你去吗？我还给岳父岳母带了好多东西呢。”

“我中午过来了正好有票我就买了，来不及跟你说，人家怕影响你工作嘛，大创意家。”

“哦，你和老王一起吗？”

“对啊，正好顺路一段。”

“什么时候回来。”

“周日下午吧。”

“周日我没事去接你吧。”

“好的，我不在时你可要乖乖的啊，说不定我会突然袭击打电话给你，别去泡小姑娘啊。”

“有了这么漂亮的老婆谁还去泡小姑娘啊。”

“就你嘴甜。”

我手里提着烟酒感觉很无助，唉，今天是周六明天她就回来了，再说都老夫老妻了至于那么伤感吗，这是怎么了，我在笑自己。

我突然不知道去哪儿，周围的人和车川流不息，但都与我无关，我坐在火车站门口的肯德基发呆。我们已经过了没什么事每隔几小时就打个电话骚扰一下的阶段了，用她的话说真是老夫老妻了。但她上火车之后我一直想给她打电话，自从一夜情之后我似乎总有些愧疚，而且，前些天有一件事我一直都没弄明白，一直都心存恐惧。

我和小卉还是哥们儿的时候经常照一些“乌七八糟”（未未语）的照片，事后小卉QQ传给我，我没有在意就存在了电脑里。前几天未未在我家，偏偏就打开了我的电脑听歌，未未经常不相信我，已经回家了打我手机我说回家了，手机刚挂完，还要马上打我家电话核查，就这样的信任程度当然要大翻我的电脑。结果，我和小卉还有和其他“哥们儿”搂搂抱抱的合影就这样被她抓了个正着。这个聪明没用到正地方的女人居然还调出了我的QQ聊天记录，里面有我和各种小MM充满暧昧的聊天记录，我知道聊的时候我是无心的，可是看起来真的很暧昧。

我等待着暴风骤雨的到来，可是未未却一反常态，看完之后只闹了一会儿就没再提这事，这和未未的性格可太不符了。之后未未继续很热情地对我，开始我以为是未未看到这些有危机感了于是对我更好了，可是以我对她的了解，真的不可能。我猛然想起我曾经逗她说如果我背叛你你会怎么办？她的回答让我倒吸一口凉气，她说如果你背叛我让我知道了，我会以十倍的背叛来报复你。

我和小卉的事她知道了吗？尽管我曾解释说我跟小卉根本没什么，要是有什么的话就不会把照片摆在明面上了，可是她不会信的。还有那天，王志彪会把在酒店看到我和小卉的事告诉她吗？我猜不会，老王比一般的富二代憨厚，平时都不怎么说话，怎么会那么三八呢？不会的，只要他不说，未未就没有证据，没有证据她就不会十倍的背叛来报复我，不会的不会的。

我胡思乱想着，还是没忍住给未未发了个短信:“到了吗？想不想我啊？”

好长时间没有回音，大概在火车上没听到吧。我又发了一个：“到了给我短信。”

我在肯德基一直坐了四个小时，约莫未未肯定到了就又发了个短信：到家了吧，你大姑怎么样了？

终于有回应了：“到站了，一切都好，别担心。手机快没电了，明天就回去。”

一个冷冰冰的回答，但是我很高兴，我在想她回去一定很忙，去她奶奶家她大姑家还要安慰她弟弟，还有她的爸爸妈妈我也非常喜欢，很慈祥很宽容的老人。她该多忙啊，不知道走的时候有没有给爸爸妈妈带什么礼物。

我应该去看一看才对，她只是在跟我客气怕我忙。唉，既然老夫老妻了还客气什么啊宝贝，我已经忙完了，今天晚上我就加班把我的那个创意改完，明天一大早交给客户，然后，然后我也去鞍山吧，去接她给她惊喜。

我为自己的这一伟大创意而兴奋起来,不小心弄洒了我要的第N杯热巧。

晚上的时候我打了个电话过去，电话果然关机了，未未粗心大意的毛病还是不改。

一大早我就把创意交给了客户，嘱咐他一定要好好地看才能体会我的创意，如果还有什么意见等星期一再说。之后我拿着昨天买的烟酒又到手机超市买了一款充电器，然后跳上去鞍山的最快的火车。我的特长就是善于给女朋友惊喜，我猜想着未未见到我时的模样，就像当年她第一个生日我用那样的方式送她礼物时她眼里的惊喜一样。还记得有一次在她合租房，她只是随便说了一句好想吃冰淇淋，过了一会儿我说出门抽支烟，便飞快地冲出她们很偏僻的合租房，狂奔好几个超市终于买到“可爱多”，五分钟之后我拿着有点化了的“可爱多”回来放到未未的桌子上……

我去过好几次未未家，我很喜欢她的爸妈，下了火车还只是中午，我连价都没讲就跳上离我最近的出租车直奔未未家。

好像没有人，我大力敲了几下，未未妈妈从邻居阿姨家出来了：“哎呀这不是小李吗，你怎么来了，你和未未最近不忙啊？”

“啊我不忙,再说我有点想您了就来看看您。对了,叔叔身体怎么样？”

“现在身体好多了，多亏了你啊小李。”

我糊涂了，什么叫多亏了我啊，我既没出人也没出钱啊。正当我有点怀疑的时候，丈母娘又说了：“未未也真是的，你来她怎么也不跟我说一声啊。今天别走了，就在家吃饭吧。”丈母娘边说边开门。

我和她几乎同时问了同样的问题：“未未呢？”

我们俩也几乎同时头昏脑涨起来,“什么？未未不在家吗？”我抢先问道。

“未未没跟你在一起啊，她不是在大连吗？”未未妈也很着急。

我把手里的烟酒稳稳地放到地上先，那么多钱买的酒打碎了可不值得了。我扶了扶门以防自己摔倒。

“小李你不舒服吗？头晕？”

“没有阿姨，未未手机没电了，我以为她回家了就自作主张来看你们了，可能她有别的事情了吧。”我有不祥的预感。

“哦小李你别急，我知道了，这孩子她大姑病了，她弟弟也不争气，找个媳妇还跑了，正为这事上火呢。这孩子跟她大姑亲，肯定一下火车就奔她大姑家了。别急，小李你先进来坐会儿，我给她大姑打个电话。”

未未妈妈急急地拨了电话，神情很着急地问了对方未未在不在，听了一会儿之后露出疑惑的眼神。后来放下电话看了我一眼，刚想跟我说什么马上又拿起电话，我看到她拨的是未未的电话，听筒传出的女声是“对不起，您拨的电话已关机”。

我和她四目相对，一时间什么也说不出来。

我还是礼貌性地问了一句：“在她大姑家吗？”

“她大姑说没看到她。小李，你先坐会儿吧，她回趟鞍山还能不回家看看啊。”

我只好坐了下来，感到事态严重便长了个心眼并没有给未未发短信告诉她我到她家了。等了好久，回去的火车快没了，我只好起身告辞。

“阿姨，未未可能有别的事情吧，我先走了，本来我想来接她的，这样，她要是回家您让她给我打个电话就成，阿姨给您添麻烦了。”起码的礼节我还是有的。

“小李，你看，这多不好意思。”

“阿姨是我不好意思才对嘛，您和叔叔要保重身体啊。”

当我确信未未妈妈送我的目光消失后，我才狠狠地把地上一个饮料瓶踢出老远，我的心一片悲凉。

已经很明显了，未未变心了，她骗了我，她根本没有回家根本没有，那么，昨天她去哪儿了呢？现在，她又在哪儿呢？

在火车上我酷得要命，酷得像个植物人。我不清楚自己坐在什么位置，不清楚身旁有什么人，更不清楚饿不饿渴不渴，我的心一直在高频率地跳着，每隔十秒就给未未打个电话，只有一个念头，想弄清楚她在哪儿，她怎么会骗最爱她的我。

终于，在某一秒钟，电话里的女声不是“您拨打的电话已关机”而是“正在通话中”，我一下子站了起来，旁边的小 MM 好像还吓了一跳。

之后我开始不断地拨打未未的号码，连续拨打了半个小时，一直都是“正在通话中”。其间我往未未家和未未奶奶家以及大姑家打了电话，打了一下就挂了，全部可以接通，说明未未并没往这些地方打电话。未未的电话终于在某一秒打通了，她先说的话：

“宝贝我正想给你打电话呢，我又买了一块电池，手机没电了，我快到大连了你在哪儿？”

“你去哪儿了？”

“回家了啊，不是告诉你了吗？”

“可是你妈妈说你并没回家。”

“你给我家打电话了？对啊，我没回家嘛，直奔我大姑家了。”

“你妈说你大姑并没看到你。”火车在狂吼，我强忍着自己的狂怒，冷冷地说。

“哦，是吗？对啊，我直接去我弟弟那里了，我大姑也没见到我。”

“你刚才给谁打电话？”

“我弟弟给我打的，又想不开了，我教育他要挺过这一段。”

“你又不怕漫游费太高了？”

“那个时候已经到瓦房店了属于大连境内，再说这是人命关天啊，再贵也得劝啊，你说是不是老公？”

未未的智商不会比我低太多，多年来在撒谎届颇有成就，编得很溜，我一时居然也说不出什么反驳的话。

“宝贝你在哪儿啊，怎么了那么严肃。”

“我在从你家回大连的路上。”

“啊？你去我家了？”

“是，去看丈母娘，顺便去接你回来。”

“宝贝哎呀怎么会这样，真对不起对不起怎么不告诉我一声啊。”

“你关机了。”

“唉，都怪我粗心大意的没带充电器。老公生气啦？”

“你回鞍山都不回家看看啊，连电话都不给家里打啊。”

“我主要是来不及了，你不知道我弟弟那老婆就是不给房子，说要什么青春损失费，我大姑老上火了，我弟弟想不开，我也不敢走啊怕他有啥意外，就没回家。其实如果不回家那么打电话也没必要，在大连不也一样打吗？往家打电话告诉他们回鞍山了又不回家，他们该多上火啊，你说是不老公？”

林未未很少叫我“老公”只叫宝贝，因为她说我还不是她老公等我们登记了才叫。

“好吧，算我倒霉吧，白跑一趟。哎也没白跑，至少给你爸爸妈妈送了点烟酒。”

“老公你真让人感动，你快回来了吧，在火车上吗？”

“对，还有一小时就到了。”

“我还有十分钟就到了，这样吧，我在火车站等你，就在肯德基吧。”

“你跟王志彪一起去的吗？”我突然问。

“对啊，我在鞍山下车了他去沈阳了，怎么你看见他了？”

“没有，随便问问。”

在火车站看到我时未未显得异常热情，甚至给了我一个熊抱，好像分别了几年的情侣。这种热情十分可怕十分反常。是内心有愧疚吗？我自己在嘀咕着。

但是我李狂毕竟是李狂，我都佩服自己成熟了，表面按兵不动其实内心暗潮涌动。我一直在找机会看未未的手机，我给她买的手机。

机会终于来了，我把她送回合租房后她去卫生间了。我迅速拿起手机忙乱地查找起来，我要查的是下午四点左右是谁跟她通的电话。拨出电话里没有，接听的电话里三点三十分有一个是蓝女的，仅通话两分钟，下一个是四点半我打的，这中间的这个通话记录已经被删掉了。而且，手机一共存了 29 个已接来电，这个手机默认存 30 个，所以很明显，未未删掉了那个和她通话长达半小时的电话号码。如果是和她弟弟间的通话，根本用不着删，那么，这个电话是谁打的呢？

我再也忍不住了，脸冷了下来，未未从卫生间回来时笑呵呵的。

“怎么了老公，还生气呐？”

“谁是你老公。”

“哟，这是怎么啦，刚才还好好的。”

“贱货！”

说完这话之后我们俩都愣了三秒钟，未未的泪下来了。

“你说什么李狂？”

“好，我今天让你死也死个明白。你手机里那个通话记录怎么被删了？四点到四点半那个，你不说你弟弟给你打的吗？在哪儿在哪儿你说啊你解释啊。”

我内心极其渴望未未能解释一些什么，哪怕是编的，哪怕很明显是在骗我。可是，之前把整个事情编得天衣无缝的她终于没有词了，她低下了头。

我的怒再也抑制不住了，把她的手机狠狠地摔到床上，电池盖掉了下来，那块旧电池也跳了出来。未未根本就没换什么新电池，所以很明显，之前关机其实不是没电而是她自己关的机。

我怎能解气，满脑子拼命找有杀伤力的词，可是眼前一片昏乱的我口中只能反反复复恶狠狠地说：“贱货，水性杨花。”

未未哭得似乎很委屈，她的狠话也很伤人：“李狂我要是再跟你好我就出门被车撞死。”我更气了，我必须找到更合适的能够发泄自己情绪的途径，于是我抬手给了她一巴掌，用的是左手力气并不大，但我还是清楚地听到了响亮的声音，那一瞬我终于想到了最具杀伤力的词，然后把它狠狠地抛出去。

“你怎么不去死，你被车撞死我买一万块钱的鞭。”我用自己最大力的声音喊了出去，然后夺门而去……

夜色又变得美起来，一个智商渐渐趋近零的男人居然觉得这样的夜色也算作美，这样的语言也发自肺腑，这样的女人还像当年那样为自己疯狂。

十九

意外的是，当我开门的一刹那，外面的人吓了一跳险些跌倒，蓝女尴尬地说：“我听到门里有声音就过来看看。”

我不知道自己那个时候什么表情，反正蓝女是吓坏了，她大概从未见过如此愤怒的男人，尤其是没见过如此愤怒的我。我哪有心情理会她，只是用最恶毒的眼神狠狠瞪了她一眼，转身就走，她吓得倒退了几步，我拂袖而去。

那条熟悉的小路，我已经不知道自己是在走还是跌跌撞撞地边摔边走，我几乎听不进任何声音了，满脑子只想着我们完了就这样完了吧。街边还有人在吃烧烤喝啤酒，一片欢声笑语，但我想如果把我的悲愤平均分给那么多的吃烧烤的人的话，那么就不会有人快乐了。

我又想起当年未未给我的那一记响亮的耳光以及那句“禽兽不如”，我们的第一次羞涩的接吻，第一次我抱住她，第一次，还有那条沾着血迹的白毛巾……

某一个迷乱而深情的夜，软软的未未轻轻地躺在我的怀抱，柔柔地安慰我：“李狂，别着急，大房子会有的，一切都会有的，只要能和你在一起，露宿街头我也愿意……”

我感动到热泪盈眶，把她抱得都有些喘不过气了：“未未，我发誓，我一定要给你幸福。”

那些柔柔的夜，那些美好的回忆此刻却像锐利的刀子一下下凌迟着我的心……

我突然大喊起来：“我要有钱，我一定要有钱，我要赚百万，一百万个一百万，我要有钱！！！”

街边那些人对于我的突然发飙猝不及防，但很快反应过来，像欣赏黄健翔世界杯上的狂吼那样欣赏着我的“表演”，我很清楚地听到旁边有个老娘儿们嘲笑道：“喝大了。”

我果真像喝大了，标准的S形路线，跌跌撞撞的，口里念念有词，时不时提高声调喊着：“我要有钱！”

不是喝大了就是精神病，说我喝大了是给我面子。

我悲壮地想着：三年了，快三年了，我们的感情就这么完了。开始我还对自己刚才的那句“贱货”有点后悔，可是现在一点没有了。现在的姑娘们都要嫁给有钱人，嫁给房子嫁给车子。这年头，有谁嫁给的是爱情?

完了就完了吧，天要下雨娘要嫁人，她要是变心了我就是把她的电话全部监控也无济于事。

可是，正在我满大街乱喊乱叫并悲壮的胡思乱想的时候，却没有注意到我的身后一直紧紧地跟着一个人，把本来踉跄着往火坑外冲的我又生生拽了回去。

当我发现未未在后面跟着我的时候，我都快到家了。

我猛地转过头，那一刻我有一种刚决定要全力戒毒却再次有人把K粉送到面前的感觉。

“你跟着我干什么？”我吼道。

未未不说话，这是她的特点，只要一做错事就不说话，这种不说话比火爆直接的吵架更伤人也更诱人。

风一吹，我反而冷静了。我停下脚步，和她目光相对，谁也没说话。

“有事吗？”

未未眼中有泪，像个委屈的小受气包。我禁不住又心生怜爱，心中的气因刚才那巴掌发泄了好多。

“我们要分手吗？”未未可怜兮兮地问。

“不，”我目光坚定，“我们已经分手了。”

未未无声地哭，眼泪成串儿往下掉。

“还记得那个晚上吗？”未未问。

“记得，当然记得。我记得昨天晚上我彻夜不眠，先是把我的工作做完，然后想着明天一大早要起床给你爸爸妈妈买礼物。那个晚上我记得，今晚我也绝不会忘记。”

未未不理会我的抱怨，突然从怀里掏出一块叠得很平整的毛巾，不过路灯下看上去似乎有点脏，好像还有血污。

三秒钟之后我认出了它，那是我们的第一次，未未的第一次，那块沾满未未处子之血的毛巾。当年未未说要把它珍藏起来以后拿出来教育我，我没当回事，没想到她真还保留着。

我的心震颤着，这年头哪还有处女啊，尤其如此绝色的处女。

可是我的嘴上还硬着：“既然你都不要我了，还留着它干什么？”

“谁说我不要你了，我几时告诉你我不要你了？”

“哼，今天下午电话的事儿这么快你就想到词来骗我啦？”

“好吧，”未未长叹了一口气，“你要是想跟我分手不用找这个理由，我告诉你吧，全都告诉你。”

“说吧。”

大街上已经没什么人了，初秋时节的深夜略有些冷，我很想把包里准备的长衣给未未披上，可还是忍住了。

“你能到我家来接我，虽然没接成可我还是很感动。”

“挑重点的说，那个给你打电话的人是谁？”

未未缩着身子，只穿一件短 T 恤当然会很冷，可是我依然无动于衷。

“那个人是我初中同学，就是我跟你说过的追了我十几年的那个。”

“那么，你这次假装回家就是和他幽会喽？”我又开始愤怒起来。

“没有，我们只是见过一面，我这次直接去我弟弟家了，我大姑也没见着，在火车上那个电话就是他打给我的。”

“你昨天晚上在哪儿睡的？”

“和我弟弟妹妹在我弟弟家看着他，弟弟之前有自杀倾向，我妹妹小，她很害怕于是我就没离开。”

“你们什么时候见的面？”

“哦就是今天上午，在鞍山偶然看到了就聊了起来，还互留了电话号码，其实我不想给他，但老同学见面留个电话号码不也很正常吗。”

“一聊就是半个小时？”

“我不想跟他聊，可是他一直要跟我聊我没办法。你不相信我也没有办法，他从初中一年级就开始追我，我要是喜欢他早就好上了。”

“那个电池呢？你不是说你刚买的手机电池吗？可是刚才我看到了根本就是你以前那块，那天晚上是不是你故意关机的。”

“那天确实是没电了，我也确实买了一块，用鞍山的公共充电器充了一会儿，换来换去的我都换忘了手机里到底是哪块了。你看。”未未边说边从兜里掏出一块新的手机电池。

我一时竟无话可说。表面看上去，未未的解释的确无懈可击，我要离开她的决心就这样慢慢动摇了。

“那么，你为什么要删掉那个电话记录？”

“我不想我们为了一个我根本不喜欢的人伤害感情，所以就删掉了。唉，我太傻了，没想到是这样的结局，事情让我弄巧成拙了。我对你的感情根本没变，但是现在我们只能这样了，要杀要剐你说了算吧，但是我不会忘记你打我的那巴掌还有你骂我的那些话。”

我的直觉大概已经用完了，理性又被未未可怜兮兮的样子所蒙蔽了，居然相信了未未说的每一个字。

被蛊惑的我问了一个可以算为愚蠢至极的问题："那么，你还爱我吗？或者，你更爱我还是爱他？"

"我从未爱过别人。"

我叹了口气，从包里拿出衣服给蜷缩的未未披上，未未顺势扑到了我怀里，哭着说："你要向我道歉。"

夜色又变得美起来，一个智商渐渐趋近零的男人居然觉得这样的夜色也算作美，这样的语言也发自肺腑，这样的女人还像当年那样为自己疯狂。

我的傻导致了我的更痛。

我是李狂啊，那个笑傲情场少女少妇师奶师娘贞女烈女处女豪放女通杀的大情圣啊，我会输吗？

二十

似乎一切都过去了，或者说我单方面认为一切都过去了，所以我变本加厉地对未未好，我不能让她的那个“初中同学”打进她的内心世界。我就像李亚鹏追求王菲时那样，虽然那个时候我不知道连菲鹏都会离婚。只要未未的目光在某一件衣服或者其他什么东西上停留超过十秒，我就会尽量买下它送给她，只是，除了大房子。当然，照这样的速度，大房子也指日可待。

我发现比我矮比我胖比我丑更没有我有气质但绝对比我有钱的老王居然和我的未未有点什么的时候，他们极有可能已经好了好几个月了。之前我只知道可能有一个强有力的对手在不知天高地厚地追未未，做梦也没想到会是老王。

我的工作越来越忙，毕竟，我是我们公司年轻人中的佼佼者，而我们公司是业内一流的。可是无论我忙得再凶挣得再多也追不上飞涨的房价，但我还是一直在追，就像夸父追日。未未不再嗔怪我不关心她，因为我经常一天打好几个电话给她，我还因此改了自己的号码和她的号码绑定成了亲情号。

我们单位的订单越来越多，我用我非同一般的智慧和另类的口才艺术游走于各个比稿大会中。我背着老总参加了一个全国最有名的外企广告公司的招聘，去了两次北京，去了两次上海，还在那个公司实战了半个月。据说一共有 5000 人报名，我最后的总排名是全国第二名，那个老外 CEO 对我非常欣赏，我也蠢蠢欲动。其实我内心的动力几乎只有一个：收入全面超过王志彪。我知道老王论外貌口才智商身高无一胜过我，可就是老爸比我老爸有钱，钱包比我的厚，我坚决不能让蓝女继续在我心爱的未未面前吹嘘她老公到底多有钱。

这些日子陪未未的时间明显减少，我心中总有不安，但闲下来的未未并没有责怪我，有一天我对未未说："宝贝，如果你觉得有点闷那就去旅游吧，我赞助你往返机票怎样？"

"哦对我那么好，我去哪儿你都赞助吗？"

"只要通飞机。"

"那么，我去北京吧。"

"北京？你不是去过很多次了吗，北京有什么好去的？"

"可是我还没去过长城啊，我想去，你陪我吗？"

"好啊，等下个月——"

"下个月不要嘛，"我还没有说完未未就打断了我，"下个月天就冷了我就不想去了。"

"那你自己去行吗？"

"人家想让你陪嘛。"

"这个月实在没空，也许是我在这个公司的最后一个月了。"

"那好吧，反正你去过长城好多次了，这次我自己去，去找大学里跟我一个寝室的同学玩，等下个月你要陪我去海南旅游。"

"好，去海底都行。"

未未到北京后就关机了，但关机后用公用电话打给了我说手机要是开机就得交漫游费了，反正一天就回了，等回大连给我打电话。

我心咯噔了一下，但很快就平静了，我强迫自己相信她。

未未这次按时回来了，还给我带回了在长城的纪念品以及和她那个同寝室同学在长城上的合影。

我笑得很灿烂，未未这次应该没说假话。

但第二天我就笑不出来了，因为我突然发现她的胸部长了一些红斑。

网上说得乳腺癌的年龄层越来越低了，我莫名地害怕起来，未未说不要紧想再去一趟北京。

“刚回来啊怎么还去？”

“我有个女同学在那边一个大医院当宣传科副科长，她说她们有一个主任治这种病是全国一流的。”

“那你到底有没有事？在大连看了没？”

“大连的大夫说没事，说是红疹，但是我很怕，想做一个全面检查，女人的胸部很脆弱的。正好上次去北京只去了长城我还没玩够呢，还没见到我们另两个同学就匆匆回来了。”

“未未，你去吧，正好我想跟你说件事。”

“说啊。”

“我想辞职。”

“什么？”

“我今天已经接到了北京那家外企的正式的录取函，5000人投了简历，又经过层层考试，你老公我总成绩第二名。”说这话时我平平淡淡无惊无喜，因为劳累和不知道未未什么意见的恐慌冲淡了我的喜悦。

“真的啊宝贝，你太厉害了，快把录取函给我瞧瞧。”

我把那个大红的录取函展开，不管我去还是不去，上面都记录着我莫大的荣誉。

“正好我也不想在我们报社干下去了，大连这地方做媒体有什么前途啊，我早想去北京了。我这次去一是去检查检查身体，二也想跟在北京的同学联络一下，看那些大报纸有什么好位置我也想去试试。”

“好吧，你先帮我探个路，你这次去几天？我帮你订机票。”

“一个星期吧。”

就这样，从北京回来才几天的未未又打算去北京。那天我很晚下班，拖着疲惫的身影刚出公司门就看到大军的车。

“走，去喝酒。”

“都几点了，天都黑了。”我确实很疲惫，如果下个月去北京报到的话这个月我要做完手里的所有的案子，也算对得起大连的这个老总。

“我们兄弟多少天没喝酒了，你小子有异性没人性。”

“切，你才是呢，一有老婆就忘了兄弟了，让风玲玲给训得服服帖帖了吧。”

“唉，我跟风玲玲老吵架。”

“吵什么啊，你们也都算老夫老妻了。”

“走吧，边喝边聊。”

我们俩都喝高了，不过我更清醒一些，总感觉大军磨磨叽叽的绕来绕去好像总有话要跟我说，但又怎么都不说，我大怒道：“你他妈磨叽什么，咱兄弟你还遮掩啊，是不是兄弟，是兄弟就说。”

“唉，”大军先叹了口气之后问，“你和林未未现在到底咋样啦？”

“去北京了，以后说不定兄弟去北京发展了呢。”

“那她呢？”

“她？她要是表现好我可以考虑带她一起走。”

“那人家能跟你走吗？”

“咋不能啊，兄弟啥魅力你又不是不知道。”

“李狂，你最近是不是去北京了啊？”

“是啊，去了两次面试，还去了两次上海呢，那CEO总爱在上海总部面试我们。兄弟得了个第二名，一共5000多人呢。”

“哦，你去北京多长时间啊？”

“去了前后加起来有半个月了吧。”

“哦，那你换电话了？”

“没啊，就用大连的那个号啊。再说我换电话号能不告诉你啊。”

“哦？你有几个号码？”

“还能有几个啊，就一个啊。我不还咨询你们家风玲玲了吗，他们联通真黑啊，漫游钱比他妈小姐的漫游都贵。”

“是啊，风玲玲这人认真，还帮你仔细查了，你不是连密码都告诉我了吗，能不给你认真查吗？”

“大军，你是不是有什么话要跟我说啊，我和未未那个亲情号不能再办了？没关系，这是多小的事儿啊，反正我们要去北京了。”

“不是不是，我，我现在不知道你们俩的亲情号到底是好还是不好。”

“咱俩还是不是兄弟？”

“当然是。”大军猛喝了一口酒，眉头痛苦地皱了皱，大力把酒杯放到了桌上，“兄弟，现在我真的祝福你们俩。”

我心中生出一丝感动：“我也祝福你和风玲玲，你们的婚礼由我全权操办。”

“兄弟，我想说的不是这个。唉，我给你说吧，如果你没有换号，那么林未未可能出问题了。”

我一个激灵，但瞬间冷静了下来：“是她的电话记录吧？”

“风玲玲不是有意查到的，她不肯告诉我是哪个号码，只是让我提醒你，我再三追问她才说她发现林未未的号码和一个号码联络非常之多，甚至一个晚上可能发百条短信。”

一个晚上百条短信？那就是百分之百出问题了，但我故作冷静：“什么时候？”

“大概有几个月了，最近好像也有。”

我拍了拍大军的肩膀，又拿起一杯酒，点点头："兄弟，来，干了，你才是我兄弟，我兄弟啊！"说完一饮而尽。

大军劝我："也许那个号码是她亲戚的，也许是她妹妹的。唉，我犹豫了好长时间，我怕我说了之后会伤害你，但我不说有一天你会更难受。"

"我明白，谢谢你大军。"我平静地说。

我猛然意识到未未和那个追了她十几年的同学还在联系着，而且非常之密切。为什么？是因为我最近太忙了而冷落了她？是因为我不是大款？是因为我没有大房子没有车子？

不，也许是大军看我们俩现在那么好他嫉妒了，当年大军还有点朦胧地喜欢过未未，大军这小子。可是，也许真的有那个号码呢。

我在可以看到海的办公室沉思了两个小时，不知道我准备要跳槽的老板还悄悄告诉别人不要打扰我，他以为我的又一个美妙创意马上要出炉了。

我告诉未未今天我有事不能陪她了，当然说的时候我装作什么事情都没有发生，之后却突然出现在她的合租房。未未一脸惊喜的样子说你忙完啦，我笑笑说我想起你喜欢吃的水果就带给你了。我们不着边际地聊了一会儿，之后我让未未去洗脸我说我给你削水果皮，然后我迅速摆弄她的手机，可是都删掉了，根本没有可疑的记录，短信连一条都没有。未未还没回来，短信却响了，未未大概听到了，一脸肥皂泡就从卫生间冲了出来拿手机。百密总有一疏啊，我冷笑着把遥控器递给了她，趁她没反应过来的时间读这个短信：

"宝贝对不起嘛，我不该下口那么重，他真以为你有病啊？"

我很想知道如果其他男人读到这条短信时会怎么想，怎么办，我自诩心智极高镇定沉着冷静反应敏捷口才出众智商鲜见对手喜怒不形于色，可是在那一刻我有一种想把桌子上的水果刀狠狠地扎进眼前这个美丽女人胸膛的冲动。她骗我有病，还说可能是乳腺的问题。现在我明白了，她胸前的红斑不过是那个男人上她时咬的印记。我弱智吗，连红斑和牙印都分不清。

我用自己所有的能量牢牢记住了这个号码，以至于之后当我再见到这些类似排列的数字时都会心痛。

未未早已擦掉了脸上的泡沫，反倒平静下来冷笑着看着我，好像在说：既然你已经看到了那就看到吧，你又能把我怎样。

可是，她眼里有泪。

我是一个男人，哪怕再沉着我也是一个男人，我有男人基本的冲动，我把我送给未未的我最爱的手机狠狠地，狠狠地摔向她，手机把她的头砸破了，可是我依然不依不饶，我狠狠地，狠狠地，妄图踩烂那个手机……的确，在那一刻我把那个手机当成了我最爱的和最恨的女人，巨响、狂吼、血迹、哭泣……

蓝女回来了，老公长年在外，所以，她不愿意住新房，自己也经常去逛街找乐。她手里又拿着好几个大包，本想和未未再炫耀些什么的，可是被眼前狂怒又泪流满面的我惊呆了。

“我要杀了他！”我用尽最后的力气狂吼了一句。

幸亏之前我多少有些心理准备，让我能够稍稍冷静一些。我拨通了大军的手机，有些机械地说：“大军，你别说话记一个号，138********，帮我问一下，是不是这个号。你别说话，如果你当我是那么多年的兄弟，帮我问，是不是这个号。我知道风玲玲不方便这样做，但你是不是我兄弟，是就帮我问，一会儿给我打过来，好了就这样。”

然后我拨通了这个号，可是对方占线，再打，居然被挂死，再打，又被挂死。恼羞成怒的我换了公用电话，依然被挂死，再打，关机。

冬天，夜色阑珊，万家灯火却没有一丝温暖的孤独的街，我无助地想随便撞死在哪辆出租车上，这样就不会痛苦了。可又一想，不能就这么随便死，死前也要拽着那个人。

大军电话来了，“哥们儿，你在哪儿？冷静点。”

“快告诉我结果，是不是？到底是不是？如果是，你就不用说话了。”

大军长叹了一口气。

“大军，你再帮我一个忙，给这个电话打个电话，问问他是谁。我给他打他不敢接，这个狗杂种，一对狗男女他妈的找着他我弄死他。”

大军似乎很想劝我几句，又或者想跟我说些什么，但我已经挂死了电话。

我的身边已经没有可供我发泄的东西，手机暂时还不能摔。我感觉自己要喘不过气来，想要哭又哭不出来，想要杀了他又不知道他是谁，天旋地转，我已经感觉不到身边的其他人，我体会到了我一直所瞧不起的自杀者的心态。

就在我失魂落魄有如行尸走肉般飘在街上时，电话响了。

“大军，他是谁？”

“我没帮你别的，我查到了这个电话的机主姓王，叫王志彪。”

听到“王志彪”这三个字，我反而沉默了，是他，原来是他。

我一直都没有记王志彪的电话，更不会主动要号码，主要是因为反感，我对未未说，我的手机里不记不重要人的电话号码。听到是王志彪我反而沉默了，果然是他，我早就应该想到是他，未未这样爱慕虚荣的人怎么可能长期活在比她丑得多的蓝女的阴影下，她一定是受不了了才揭竿而起把王志彪给撬过来了。

这对狗男女！

我平静地给王志彪又打了一个电话，这回他居然接了，我用生平最大的力气和冷静压住自己的火。

“王志彪吗？”

“是我啊，你是？”那边似乎比我还平静。

“我是李狂，你在哪儿啊？”

“我，我在北京，有事吗？”

“没事，就是很长时间没见了想找你聊聊。”

“哦，我刚才开会呢，所以挂掉了你的电话你别介意啊，要是有事你就说话。”

我拼命忍着自己想骂一句国骂的冲动。

“听未未说你们最近联系挺多的。”

“对，未未嘛最近有些事让我帮下忙。”

“好了，没事了，我也有事找你，有可能一会儿给你打电话。”

“好了，有事您说话。”王志彪还是贱兮兮的。

我一口恶气没出来，给林未未打了个电话：

“你也知道蓝女的脾气，你就不怕她在你们单位闹个翻天？她就在你旁边吧，我会让她知道的。”

“你已经知道了？”未未也很平静。

她居然问“你已经知道了”，而不是“你听我解释”，这样的话多少还会给我一些幻想，可是这样一说那就等于默认了他们俩的通奸。

“是啊，何止我知道，你俩的事很快所有人都会知道的。”我挂了电话，风一吹我又有一些平静了。我李狂不愧是李狂，我知道这个时候不能冲动，一冲动事情就搞砸了，可以肯定的是，王志彪已经和林未未勾上了，但是还有一个拽着王志彪的人那就是他老婆蓝女。如果我此时破罐破摔导致蓝女和他离婚的话，那岂不是帮助了这对狗男女？也许他们俩只是刚刚开始，或者未未只是受蓝女蛊惑幻想王志彪会是个好欺负的凯子，也许还能挽回。或者，我李狂什么时候输过，初中有女孩给我叠千纸鹤，高中有人为我差点自杀，大学有人为我整夜在宿舍楼下疯狂呼喊……我是谁？我是李狂啊，那个笑傲情场少女少妇师奶师娘贞女烈女处女豪放女通杀的大情圣啊，我会输吗？会输给一个比我老五岁比我矮丑胖更没有我有气质的几乎快要秃顶的人吗？

我不要输，如果输莫不如让我去死。就像当年项羽只输过一场，输了就去死，自刎于江边，如果我输了，有何脸面见“江东父老”，有何脸面面对那些因林未未而被我拒绝掉的N个好女孩?

我是李狂，所以，我不想在电话里痛骂林未未解气，不能在蓝女面前大肆渲染而让她有机会到单位大臭特臭林未未，不能把王志彪骗出来打他一顿，然后再去和其他N个女孩约会来忘掉林未未。如果这样，就说明我李狂输了，我不能输，不能，决不能!

所以我要稳住她，我要把她争取过来，再争取过来，然后像一块大鼻涕那样地甩掉，痛快地狠狠地甩在地上!

我的报复计划就像七伤拳，骗了别人也伤到了自己。我说的每一句话都是故意在作假，可是事后我怎么想怎么觉得那是真的，我甚至想就让自己糊涂下去吧。

二十一

这一夜像过年——度日如年。

第二天晚上蓝女给我打了个电话："李狂，我现在正和未未在一起，你能过来一下吗？"

"有事吗？"

"未未跟我说了，我想你误会了吧。"

对蓝女不能让她知道太多，不能太多激发她的愤怒，但又不能让她蒙在鼓里，要让她知道一些事情但又觉得有希望挽回。

"那个短信也跟你说了？"我冷冷地问。

"什么短信？"

"你问她好了，她居然主动出击告诉了你，那是怕你到她们单位闹。"

"李狂，有时候男人要大度一些。"

我一下子被激怒了，他妈的这事要是大度还叫男人吗？

"蓝女，如果你不相信我的证据，至少应该相信我的人品，如果你不相信我的人品，至少要相信我的智商。"

"你真的以为他们俩会有什么？"

"你觉得呢？"我强忍着没说脏话。

秋意很浓，我夸张地把领口竖起，却压不住自己内心的悲凉。昨天晚上我想了很多，我真的不能输，我不能被人打退，我要体面地撤退，不，我要体面地战略转移。

我到蓝女说的那家小饭店的时候已经八点了，蓝女正拿个电话很夸张地大声怒斥她老公，使得路过的所有人都往这边张望一下，未未在一旁沉思着什么。我冷笑了一下，走到未未身旁，未未像是触电般后退了一小下，她大概是怕我打她吧，就像那天那巴掌。

我还是冷笑着，并徒劳地想让冷笑变得热一些。

“你不想跟我谈谈吗？如果分手谈谈也好。”

“在这儿吗？”未未还是有些怯生生地问，不远处还不时传来蓝女训斥她老公的声音。

我的眼里露出阴险的神色，走，我们去一个地方。我拉住未未上了出租车，根本没和蓝女打招呼。

当然是“诺亚方舟”，我们俩梦开始的地方，但现在我觉得应该叫梦魇开始的地方更准确。就让这鬼地方成为负心女林未未噩梦开始的地方吧，我暗自咬牙恨恨的。

我们选择了经常坐的那个地方。那支拥有邋遢外表火热歌喉主唱的乐队还是那里的支柱，那些外语学院大学生的兼职服务员还是那么仪态万千，好像随时都可能跟你走。

“不想跟我解释一些什么吗？”

“解释什么？你的意思让我跪在地上求你让你原谅我吗？”

她倒牛起来了，我真想把那一整杯克罗娜倒在她身上，或者干脆拿起那个酒瓶砸过去，但小不忍则乱大谋，她那样是因为她觉得没有希望了，我一定会跟她分手，但我一定要给她希望先。

“你还记得这里吗？那个时候我们都那么青涩，还记得我第一次吻你吗？”

“你到底想说什么，李狂？”未未眼圈微红吼道。

我没有理会她，“哦我想起来了，还有一个苦胆汁你肯定还记得，一个暗恋你的傻子，看到我们亲热居然把苦胆都吐出来了。不知道他现在怎样了，我在想过几天或者就今天，我会不会也像他那样把苦胆汁吐出来。”

未未眼圈彻底红了，但好像笑了一小下。我知道她现在也在犹豫着，毕竟，我们有那么多年的感情毕竟我们是真爱，而王志彪虽是富二代但太远，除了有钱之外作为男人的条件太差又是二婚，未未一定是爱我的一定是，只不过一时糊涂，或者，或者她的爸爸。我猛然想起那天我去鞍山在病房外听到未未妈妈说，让未未去谢谢那个同事，后来未未说那人是她在报社的一个姐妹儿，我现在觉得肯定不是，借钱给未未的那个人其实就是王志彪，王志彪一直在默默地帮助着她。如果是这样的话，那，那我，唉……

“那个夜晚好美啊，还记得我拒绝了你，你在你们房门口哭，我都快上出租车了但是还是担心你所以又回来了。”

“你那天为什么又回来了？”未未的泪下来了，问了这句三年多来问过我无数遍的问题。

这一次我的回答像以往一样，但声音提高了很多：

“因为爱！爱就是担心你，怕让你的泪决堤，所以我要回来。现在看来，我仍然不后悔。”我故作深情地望着未未，在那一刻我有些慌乱，因为我不清楚自己的眼神是想要报复她而装出来的还是真情流露。一个人最慌乱的时刻是他不能控制自己的时候。

“你不恨我吗？”

“你又没做什么。”

“真的，你信不信，我们真没做什么，只是谈得来。蓝女让王志彪在北京请我吃了顿饭，仅此而已。”

她开始解释了，我暗自冷笑林未未，我一定要让你知道我李狂是背叛不得的，我是不会输的。

我没有接着她的话说，而是像自言自语般回忆着：

“唉，还记得那天我就这样跟你上楼了，偏偏蓝女不在，我给你讲了个笑话你还记得吗？”

未未好像破涕为笑，跟着我说：“禽兽不如嘛。”

“是啊，你打了我一巴掌，那一巴掌真是让我刻骨铭心啊。之后我们做了什么？”我明知故问。

未未低下了头，脸微微红，我暗骂一句你还知道脸红。

“哦那条红毛巾还在你那里吧？哦不，是白毛巾，上面沾着你的血，你第一次的血。这个我同样刻骨铭心。”

未未泪如雨下。我喝了一大口啤酒，看着她哭了半天。外语学院的兼职服务生很懂事地送来了纸巾，未未好像突然想起了什么，拍了拍自己的脸擦干了泪，说：“李狂，我了解你，你不能输，所以你现在在强迫自己重新追回我。其实我知道我们以后不会幸福的，有了这事的阴影，虽然本来就没什么事，但你小心眼你认为我和老王有事所以你就有阴影，有了阴影你以后不会对我好的，你现在这么做只是为了面子——”

我马上很激动地打断她，来掩饰被未未看穿后的尴尬。

“面子？我和其他一个女的关系很密切，你试试自己到时候还顾不顾什么面子，刻骨铭心你知道吗？你难道不刻骨铭心吗，你会忘记我们发生的一切吗，多么纯的感情，即使以后我们都变了，可是我们不会忘记这段感情不是吗？我马上就要到北京工作了，我要带你走，去北京前我们就去登记，到那边打拼，即便你没有工作也无所谓，我可以养你。如果到那边我挣得就会比王志彪多了，我会对你好，给你买LV，买大房子，因为我不能没有你。直到发生这件事我才知道你对我有多么的重要，你已经成为我的一部分，如果你要离开我就好像给我做手术割掉我身体的一部分一样，我不能，不能，不能，不能！”

我是一口气说完这番话的，之后我仍然搞不清楚这是为了欺骗未未说的假话还是真情流露。

“李狂，我和他真没有什么。他的确在追我，开始时我拒绝得很彻底，可是那天我爸爸病得很重，我实在没办法了才接受了他的帮助，之后……”

“之后你们就在一起了？”我狠狠喝了一大口克罗娜。

“没有没有，之后我就不好意思拒绝他的邀请了。”

“邀请？”我眯起眼睛。

“就是约我吃饭聊天看电影，我们什么都没做。你懂的，他帮助了我那么多，他对我说让我出来吃饭我真的不好意思说不。”

“你能解释说明你还在乎我，可是，唉，你经常和他互发短信，一晚上好几百条，普通朋友会这样做吗？”我问。

“都是讨论我爸爸的病情什么的，大都是他给我发，发了好几条我也不好意思不回啊。”

“那那条短信呢？那个牙印不会是你自己咬的吧？”我眼中有泪也有恨。

“不是的，宝贝，我去北京真的是我对你说的那些原因。那次在北京他非要请我吃饭，吃完送我回酒店，可能是喝多了酒他扑到了我身上。我真的拒绝了他，但是在撕扯中他应该是不小心咬到我那里。这件事我一直很愧疚，毕竟我们俩同处一室了，尽管那天我拼命赶走了他，可是事后我还是很愧疚。”未未的眼泪大串大串地掉在了杯子里。

女人的眼泪能洗刷男人的智商，我的智商再次迅速降到了零……

那天晚上我们在酒吧里聊了好久一直到关门，我甚至当着她的面给王志彪打了电话，说未未以后不想再跟你聊天了，你也不要再缠着她了，我正式告诉你我们俩要同居了之后马上结婚。

那一晚我们像第一次那样单独在一起，我在一家五星级酒店开了房间，我们从未像这一晚那样激情四射。我们搂在一起畅想着我们去北京以后的未来，我用我也没把握的未来的美好收入引诱着她，我们一定要买大房子，把她父母接过来，再弄辆车，过上她想要的幸福生活。有我在，老丈人治病的一切开销一定都不成问题……

分手之前我们再也没有接到蓝女的电话，未未说她跟王志彪也没有再通电话，她还说这件事让她知道我是她值得托付一生的男人。

我的报复计划就像七伤拳，骗了别人也伤到了自己。我说的每一句话都是故意在作假，可是事后我怎么想怎么觉得那是真的，我甚至想就让自己糊涂下去吧。就当她和王志彪什么事情都没发生过，我们真的结婚吧，然后好好爱她，真的带她去北京，给她买大房子，给她一个女人应得的一切一切……

然而，小卉的一个电话彻底毁了我们。

可是，我做梦也没有想到，半个月后这份诊断书居然出现在了未未的手里。

二十二

小卉给我打电话时带着哭腔。

“我病了。”

“什么病？去医院啊。”

电话那头一直在哭，我敏锐地感觉到一定是怀孕了。

“你们俩离了吗？要不我陪你去把孩子打掉吧。”

“我没有怀孕。”

“那你想他了，你们离了吗？”

我生出一些歉意，自从我们一夜情之后，这些天也没顾得上给小卉打电话问问她和老公到底怎样了。

“不。”

“小卉别闹啊，要是你肯原谅他就给他一次机会，毕竟他找小姐也是逢场作戏，要是……”

还没等我说完，就被小卉打断了。

“李狂，对不起。”

“什么对不起啊，林未未又不知道我和你的事。”

“不，李狂。”

“到底怎么了快说啊，你说你病了到底哪儿病了啊，小卉你可不是磨叽人。”

“我得了性病。”

这句话像从无良高层住宅而降的破砖头，直中我的头部，瞬间头破血流。

“性，性什么病？”

“我刚从医院出来，医生说能不能复发还不一定，那一夜我们……我怕你……”

我打了个寒战，怪不得，怪不得最近我总感觉身体有点异样，不会那么倒霉吧？！

未未的电话来了：“李狂，从实招来，刚才跟哪个婚前好友聊了这么长时间？”

我稳了稳神，这事要是让她知道了我就不用活了。“刚才是北京那家外企跟我聊了聊，说是正月十五后让我过去。”

“真的啊，那我也要抓紧时间找工作了。你过去帮我看看有没有合适的工作，然后我也过去找你。”

“好的宝贝，我哪会丢掉你呢，吃饭了吗？”

“还没呢。想你，吃不下。”

“听话快吃，老公单位还有点事，下班去接你。”

“好的，老公也要好好吃饭。”

我从单位一出来就打车直奔皮肤病医院，那里是国企，总比那些不断打恶心广告的性病医院要强一些吧，况且万一遇到熟人还可托词说自己来看皮肤病。

从还没进门时我就像个间谍般观察着周围的人，时刻提防着遇到熟人我能躲就躲啊。这个鬼地方真不是人该来的，熙熙攘攘的像大菜市，各种打扮的男女贼眉鼠眼窜来窜去，好像都在鬼鬼祟祟观察着是否会遇到熟人。我要是开个性病医院，干脆在门口就开始卖口罩，省得大家都那么恐惧。

门口排了好几个人，居然还有陪老公来的女人。我用迅雷不及掩耳盗铃儿响叮咚当仁不让之势观察了排队的所有人，确定没有我认识的人才在后面竖起衣领静静地排着。

好容易轮到我时，那位面无表情的大夫没用几秒钟就把我打发了："化验去吧。"

我只好拿着怎么也看不懂的单子去指定的那个地方化验，我以为自己走错了，因为门口有好多好多人排着。我把单子递了过去，又是一句冷冷的话扔过来"等着吧"。

这一等就是一个小时，我心急如焚，因为越等碰到熟人的可能性就越大。我把头埋在了两只胳膊里，终于，"李狂，谁叫李狂？"震天的一声，这一嗓子把好多坐着打瞌睡的人都吵醒了，好多人笑出了声，因为我的名字太奇怪了。唉，早知道写一个假名字多好啊，都怪我智商为零了。

里面化验的居然是个半老太太，我靠！

门还露出一半，我怯生生地把单子递了过去，然后站在那里看着她，企图用可怜巴巴的眼神博得这大夫的好感，可惜我最多只是师奶杀手，并不是老太杀手。

"脱啊，你站着干什么？"对方一句呵斥。

"脱？现在？这里？"

我回头看了看门，大夫说："你不会把门关上啊？"

我迅速关上了门，但发现这门怎么插也插不上，我尴尬地看了看大夫。

"脱啊，磨叽什么啊？"

大夫很不耐烦，反衬得我很矫情。

我明白了，凡是化验这方面的人都是不受尊敬的，不是乱搞一夜情就是找小姐得上的这病。唉，我，我也确实不是什么好东西，确实犯了错。

我迅速脱了，满脸通红地配合着她，心说这几分钟快过去吧，此生最丢人的时刻莫过于此。

谁知我错了，这根本不是最丢人的时刻，最丢人的时刻来了：门突然开了，探出一个小脑袋："化验是在这里吗？"门本来就插不上，愣头青这一开，完全春光乍泄了……

我和大夫几乎同时发作了，她还算文明，说："出去等着。"

我已经开骂了："滚，给我滚！"

在这种时刻我根本就不能再发作，穿上裤子在化验室里直勾勾地瞪着半老太太，手里攥着拳头。对方好像也非常恐惧，没敢赶我出去而是为逃避我的眼神而忙活着。过了一会儿她终于说话了："小，小伙子，我直接给你化验出来了，你，有点炎症，值得庆幸啊，开点药就没事了。"

我终于喘匀了一口气："这屋子还有别的出口吗？"

半老太太说："没了，再就是窗户了，这是四楼。"

唉，我拿起化验单开门就往外走，用自己最快的速度，把头低到不能再低，那些男女老少排队者的窃窃私语还是清晰地飘进我的耳朵。这才是人生最冰凉的时刻：得病，得的是性病，得性病让全世界都知道了，还有得性病的地方也给全世界都展示了。

就在我低头快速通过的时候，在情场上打拼多年带给我的敏锐的观察力让我瞥见了一个人，我不能停下来，但我几乎可以确定那个人就是王志彪。他也鬼鬼祟祟躲避着我，我顺着他的方向跑过去，可是那个人一下子就没了，大概是跑了。

他来干什么？难道他也病了？他刚才看到我了吗？看到我的春光乍泄了吗？那件事之后我暗地里找过王志彪想打他一顿，但他怎么也不肯出来，还说我误会他了。

我转了几个圈才有勇气回到刚才那个猥琐的大夫那儿，开了药。

走出门我长出了一口气，终于出来了，小卉说的那种病我没有得上，万幸，万幸。如果刚才的泄露春光没有被熟人看到的话，那么一切就都过去了。现在需要做的就是销毁证据，我把诊断书从装药的塑料袋里拿了出来，轻松地扔进了医院门口的一个垃圾箱。

可是，我做梦也没有想到，半个月后这份诊断书居然出现在了未未的手里。

我转过头去，狂奔，没有回头，夜色蒙蒙，泪水，让我的世界一片模糊……

二十三

林未未是在一秒钟内跟我提出分手的。

一秒钟，就这么一秒钟，真正天才的杀手只需要一秒钟就足以见血封喉，况且，她的目标是像我这样失去防备心的非普通非文艺青年。

这些天，我的感觉是“劫后余生”，好像被绑架了好长时间好几次差点被撕票之后获救，或者遭遇了一场大地震被困在乱石下十几天之后重见天日。我们彼此更加珍惜对方了，未未肯定也这样想，要不然她不能总对我撒娇，不管撒谎还是撒娇，她都撒得那么投入。我喜欢。

我已经几乎不想再甩掉她了，她就像我身体里的鲜血，放血恐怕没那么爽快。

我想拿完分红，年后我就辞职，先登记，然后去北京，稳定下来之后再帮未未找个工作，夫妻双双闯北京。我他妈要在北京买大房子，虽然这更遥不可及，但我愿意用这个梦来麻醉自己，耶！

“喂，”未未打来的电话，“到家了吗？”

“到了啊，刚到。”

“骗人，到了也不给我打电话，都那么晚了人家好担心你嘛。”

“好了宝贝，我到了你乖乖睡吧。亲一个。”

夜深了，我刚从未未的住地回来，打开电视，想看看最近有哪些制作不错的广告。以往我长途跋涉从未未住地回家都只是发个短信就行，自从那件事之后变成了打电话报平安，一打就是好长时间。蓝女搬出了合租房搬到了新家，搬家那天我和未未都不在，蓝女留了张纸条，就写了几个字：“林未未，我走了。”

很快，蓝女的空床上又搬来了一个她们单位的年轻的实习生，我想，用不了多久，未未也会被我接走的。

我们家电话响了，老妈有翻身的声音，我赶紧出来接电话，是林未未的声音：“宝贝，哦对不起，不是不相信你，刚才你电话老也打不通。我想起一件事，明天你陪我去周大福看看咱们的结婚钻戒好吗？”

“好，下午我有空，给你电话。”

我回屋里看了看我的手机，信号是满的。我笑了笑，她不相信我已经成为习惯，也许真的是她习惯了对我撒谎所以总怀疑我对她也是撒谎。

马上就要年底分红了，我决定在我们登记之前送她一个结婚钻戒。未未狮子大开口说看好了一个将近两万的，我咬了咬牙，又点了点头。

不过这个上午还是很惬意的，年前的工作基本都做完了，老板似乎看出了我的去意，对我格外照顾并暗示年前我将有大红包。

站在大窗前我感慨万千，从毕业我就在这家本市最大最好的广告公司做策划，如今已经成为业内一流高手，我可以干下去的，老板暗示说会赠我股份。可是，在二线城市大连，我永远不可能比在北京外企工作的拥有有钱老爸的王志彪收入更高，所以我要走，我要证明自己。我不是富二代，我要让我的儿子，不，是让我和林未未的儿子成为富二代。

未未来短信了：“吃饭了吗，猪？”

“吃了，母猪。”

“你才是母猪呢，坏。”

“下午去啊，去给我老婆挑那个大的钻戒。”

“谁答应嫁给你啦。”

“我没说是你啊。”

“你坏嘛你坏，今天罚你给我做饭。”

“别说做饭，做什么都行。”

“流氓。”

“流氓夫人。”

“好了，下午一点我给你打电话。”

“你中午干吗，不一起吃饭啦？”

“不啦，我单位有点事。”

很明显，这实在是一个幸福的中午，我在单位食堂甜蜜地吃着平时我已经厌倦的美食，见谁都打招呼，我真想跳到桌子上大喊一句：哥们儿姐们儿们，我李狂要结婚啦！

那一刻我这个贱货好像忘记了，不久之前我还发誓把林未未重新泡过来之后狠狠甩了她。

下午一点，未未没有来电话，肯定单位又有事了，她们报社就是事儿多。

两点，依然没来电话，我打过去，占线，再打，依然占线，大概她们领导找她了。

一直打到两点半，终于打通了：“未未，刚才跟谁讲那么长时间？”

“我们主任，李狂我有点事，一会儿我找你。”

“好吧，工作要紧你忙吧我不急。”

我有一种不祥的预感，因为未未通常称我“宝贝”或者“老公”，只有别人在时才叫“李狂”。也许，她的旁边还有别人吧，也许是同事在不好意思叫“宝贝”，肯定是。

一直到五点我才接到她的电话，她只说了一句话：“李狂，我们分手吧。”

我乐了：“又来了，好啊分手，我不要拉你的手，我的手要放在你的……”

“李狂，我是认真的。”我的“流氓话”还没说完就被未未打断了，好像电话那头还有她的哭泣声。

我的心猛地一沉。

“未未，咱别开这种玩笑，老公最近心脏不好。”

“李狂，我终于想通了，其实我们真的不适合，分手吧，快刀斩乱麻。”

“林未未，你再说我就相信了。”

“李狂，长痛远比短痛更恶毒。”

我一下子僵住了，我的心迅速地冷却，发硬，碎掉。直觉告诉我未未这次提出分手饱含着绝情、坚决和绝对的不回头。如果你沐浴在和煦的春风里正享受的时候突然一道闪电，然后下起大雨你什么感觉？如果你中了500万，手里拿着彩票狂喜却被告知得了艾滋你是什么感觉？

此时我已经百炼成金了，我按住自己的心脏冷静地问：“为什么？”

“已经说了，不适合。”

“分手可以，请你给我一个合适的理由，不枉我们三年。”

“就是不适合。”

“你到底怎么啦？”

“不怎么啦。”未未的话语还是那么绝情，可是已经带了哭腔。

“你在哪儿？”我问。

“沃尔玛的休闲小站。”

“哪个沃尔玛？”

“一院旁边那个。”

我挂了电话，冲向门口，迎头还撞到了老板。老板笑呵呵地问小子干吗那么急啊，我说急急急，“事”还没说出口就冲上电梯了已经。

未未在休闲小站已经哭成了泪人，她要的那杯奶茶早已喝完，但里面好像都是泪水。我冲了过去一把搂住了她：“宝贝告诉我发生了什么事，不管发生什么我们都要在一起，我们永远是一家人。快，告诉老公到底怎么啦？”

“没有，没有，我们不适合在一起了，你走吧。”

“别傻了，你忘了吗，你说要永远和我在一起，无论贫穷还是富有，无论健康还是疾病，无论……”

“李狂，你忘了我吧，我不配。”

我怒道：“肯定是王志彪又骚扰你了，是吧？”

“没有，不关他的事。”

“未未，我们好了三年多了已经，马上就要登记了，你知道的，你不说出真正的原因我是不会跟你分手的。”

“别再问了。”

旁边的服务员已经站了好久，嗫嚅着问：“先生您要点什么？”

“奶茶。”

这让我冷静了一下，作为一名优秀的广告人，我开始冷静地分析导致这种突变所有的可能性。

“你刚才去医院了吗？”在沉默了几十秒之后我突然发问。

“啊，”未未愣了一下，马上说，“没，没有。”

这更坚定了我对自己分析的信心，未未这么突然地提出分手只有一种可能，那就是她病了，不愿意拖累我。我靠不会那么哈韩吧，但这是我能想到的最可能的可能了。我的心生发出感激，在那一刻我想如果她病了不管什么病我都要陪她一直走完生命的尽头，我要娶她。后来回忆起来我真觉得自己是个小学生，Fuck，韩剧也没看多少啊。

我动情地说：“未未，你有什么病吗？告诉老公你得了什么病了？不管你得了什么大病我都会娶你，哪怕你只做我一天的妻子都是我人生最大的荣幸，未未，告诉我。”

未未哭得更凶了，我对服务员绅士地说道：“小姐，请拿点纸。”

未未打开了包拿纸巾，那是我去深圳给她买的假 LV，我告诉她有朝一日为她买 LV 所有的系列。

我的眼睛没闲着，包里果然有医疗手册之类的东西。我不动声色地对服务员说："小姐麻烦你带我老婆去下卫生间，她有点不舒服。"

未未摇了摇头，我站起身拉了她一把说未未你去卫生间洗一洗，未未被女服务员扶着往卫生间走。我用最快的速度拉开她的包，把里面所有的纸张都拿了出来。

没想到，这些纸像核弹头一样把我炸得粉身碎骨。

有一张化验单写着什么东西"阳性"，我能看懂那是怀孕了。我来不及愤怒忙着看第二张，乙肝阳性，未未得了乙肝，只有性和血液才能传播乙肝。当我想要看那个蓝色医疗手册时未未已经反应过来了，还没走到卫生间就冲了回来一把抢走了那些纸，但那个医疗手册还留在我手里。

"你怀孕了？"我装冷静。

未未点点头。

"我记得我们每次都有安全措施。"我继续装。

未未泪流不止。

"孩子，是……"

未未哭得更厉害了。

"王志彪？"

未未哭倒在桌上。

我紧紧攥着那个蓝本本，眼睛里射出怖人的光，未未眼睛里充满了恐惧，我站起来，从兜里掏出一百块钱狠狠地砸到桌上，然后慢慢走出这家店。

未未低着头跟了出来，我的泪早已决堤，我很想把我全部的愤怒砸向这个我最深爱的女人，可是我做不到。

我们俩站在熙熙攘攘的街上，相对无言，任泪如雨下。夜幕已降临，匆匆的路人偶尔有回头看一两眼的但更多的是匆匆地离去。我几乎已经看不清楚周围的景物，只觉得冷漠的人群不停在我身旁穿梭。

服务员追了出来对我说："先生找你的钱。"我麻木地接过了那一小摞，然后看也没看就把它们随手丢到风中。这下终于吸引了很多眼球，一哄而上，周围到处是弯腰的陌生人。

未未先开了口，很平静地说："对不起。"

一月份的大连风很大很伤脸，风中，未未的大衣还在手里拿着，脸上满是泪水，我能读懂她的眼神满是后悔。她已经决定要跟我厮守一生，也许怀孕只是她以前的错误，还有乙肝。即使我们俩激情不能自已时我都严控自己一定戴上套子，有好多次未未说安全期应该没事，我都严肃认真地说："你以后是我老婆而不是女朋友，所以我要珍惜你。"

可是，为什么那个人那么不珍惜你呢？

以前我们单位有人在体检时检查出携带乙肝病毒，未未几次嘱咐我离那个人远一点，还说她要是得了乙肝就不活了，因为乙肝不能痊愈还会影响下一代。

我突然感觉她那么可怜，一个外乡人在大连漂泊了好几年，有个男朋友就是我还曾背叛过她，如今又怀孕了还染上了病。

我并没有爆发，也许眼泪有释放的作用。我上前一步，未未条件反射地退后了一小下，我没有再打她的耳光，而是轻轻地拿过她的大衣，说了句："很冷，先穿上。"

未未的泪水瞬时打湿了这件大衣。

"能告诉我真相吗？我只要真相。"

未未终于点点头："好吧，我都告诉你。"

我们俩毫不理会刚才那些弯腰捡钱的路人，缓缓地走着。

"真的是王志彪的吗？"我问。

未未点点头。一股怒气冲了上来，但我还是没有发作。

"开始时我真的很讨厌他，那天，就是我爸爸病了那天我真的没有办法了就给蓝女打电话，结果王志彪知道了就给我的卡里打了 20 万块钱，救了我爸爸。开始我只是感谢他才和他去喝喝咖啡什么的。在我去北京的时候，那个时候我有些意乱情迷，而你又工作太忙，那个晚上我住在他家里。"未未像是喃喃自语着。

“也就是说，那天晚上，就是在诺亚方舟那天你是骗我的。”我问。

未未低下头，算是承认了。

“你那天放过我多好，也许到现在我都已经拔出来了。”我幽幽地说。

“那天我感觉我好像真的要失去你了，我不愿失去你，所以……”

我停了下来，我的羽绒服的拉链没有拉上，既没戴帽子也没戴手套，那个蓝本还在我手里攥得紧紧的，可是我全然不知，我停下来是因为我要控制自己的情绪。

“是他传染给你的乙肝吗？”好半天我才咬着牙问了这一句。

未未点点头。

“他在哪儿？”

“北京。”

“打算要这个孩子吗？”这个时候我好像置身事情之外，好像在听一个异性朋友的聊天而不是自己的老婆怀了别人的孩子。

未未摇头。

“他知道吗？”

“知道。”

“那什么时候去打掉孩子？”

“不知道。”

我终于明白了，根本就没有那个什么追了她十年的初中同学，那天，她根本没去鞍山而是和王志彪去了沈阳，还有两次去北京都是和王志彪幽会。也许最近她真的想要和王志彪分手了所以才对我那么依恋，可没想到她发觉自己怀孕了，她最清楚孩子是王志彪的。

“你为什么不偷偷打掉孩子然后继续和我好？”我问。

“李狂，我不能再骗你了，你对我真的很好。我说过这一生不可能有比你更爱我的人，能和你好三年，已经是我人生最大的幸福。”

“你为什么不骗我？”

“因为我爱你。对不起，宝贝。”这是未未最后一次叫我“宝贝”。

“他已经结婚了，你怀了你最好朋友也是你同事的老公的孩子，你不觉得他很自私吗？他在北京啊，他能给你幸福吗？你们俩做的时候没有安全措施吗？我以前是那么珍惜你，可是他没有，那一瞬间他没有为你想过吗？他根本不爱你，只是玩玩你。”我越讲越激动，上前拉起她的手，“未未，我带你把这个孩子打掉吧，现在就去，然后明天我们去登记结婚，我们重新开始。我不在乎，我只要和你在一起。”

我发誓我说这话时是由衷的，是没有任何心计的。那一刻我确实感觉到了一种我真的要失去她的巨大的恐惧，就像死亡前的恐惧，在死之前总要努力挣扎一番，所以我握着她的手把这话重复了三遍：“未未，我带你把这个孩子打掉吧，现在就去，然后明天我们去登记结婚，然后，我们重新开始。”

未未只是流泪，然后啜泣着说：“谢谢，这一生被你这样爱过真是我的幸运，我配不上你李狂，我要等他回来，我要孩子的爸爸亲自带我去打掉这个孩子。”

“未未，我发誓我是真的，打掉它我们结婚。”

“李狂别傻了，你条件这么好，即便我们结婚了也是你的冲动，你一辈子都不会释怀，我们永远也不会在一起了，永远！”

我必须承认女人太理性了，她是对的，我说那句话虽然发自内心可的确是冲动之语，我会安心和一个怀了别人孩子还被传上乙肝的女人认真过一生吗？

我很想发泄一下自己内心强压住的核爆炸式的愤怒和委屈，但突然又看到了手中那个蓝本，难道未未还有其他的病吗？打开了它我却再次惊呆了，这居然是我那天到皮肤病医院用的那个医疗手册，上面赫然是我的名字，那是我自己写的，我的字迹很特别，未未毫无疑问不会怀疑。是了，是王志彪……

卑鄙！

但这反而消解了我的愤怒和委屈，我不一样做出了背叛未未的事吗？

我有什么资格指责别人。未未说得对，我们俩已经回不去了。

“我们彼此伤害对方太深了。”未未幽幽地说。

我们以前吵架无数，分手无数，每一次分手我都知道肯定会再复合，但这一次我很清楚已经再没有可能复合了。

“你身体不好，打掉孩子之后要自己保重，不要太邋遢要照顾好自己。乙肝并不是不治之症，别太放在心上。别哭了，被风一吹就不漂亮了，就没有范冰冰漂亮了。我不在的时候你要按时吃饭，去北京多长一些心眼儿吧，别轻易跟他结婚，哦对了，他还没离婚呢。总之你好自为知吧。我最后劝你一句：他是个卑鄙的人，那天在医院他也是去看病，也许他还有别的病，你要小心。”我像个中年妇女唠唠叨叨一堆话。

“他说你有外遇了，我不相信，现在相信了。这是他给我的，现在还给你。”未未看了看我手里的蓝本。

“我的确有病了，那一夜我背叛了你。”我平静地说，我希望我的话能给未未一些刺激。果然，她的眉头狠狠地皱了一皱。

“现在，我们都扯平了，谁也不欠谁的了，但是，那块沾着你的血迹的毛巾我一生难忘。保重，保重啦。”

我转过头去，狂奔，没有回头，夜色蒙蒙，泪水，让我的世界一片模糊……

爱情能让人忘记时间，时间也能让人忘记爱情。

二十四

分手第 N 天。

若干天来，我的上网时间激增。可是，分手之后我才悲哀地发现，三年，三年了，为了林未未我几乎放弃了所有的异性朋友，以至于这样的时刻几乎找不到人听我诉衷肠。

邮箱鲜有邮件，过去我曾和不下十人长年保持着电子邮件的联络，现在都断了，因为未未有我邮箱的密码。连 QQ 上的好友都好长时间不怎么说话了，貌似大家都不敢说了。

新邮件只有一个，是苏菲的一些明星照，拍得性感极了。必须承认，苏菲真的是个很有魅力的女孩，只是我身在福中不知福而已。

居然还有几张是和几个男的在北京照的，举止很亲昵。苏菲还附了言："李狂，其实没有你我依然很快乐，我换了好几个男朋友了，怎么样比你帅吧？"

苏菲的目的达到了，至少达到了一点点。我没有嫉妒，可是心底涌上一丝酸楚，在我需要异性朋友的时候，只得到了红颜知己和别的男人的照片。

小卉染上了尖锐湿疣，之后我又去医院检查了好多次，很幸运我已经确定我没有这种病。自从小卉深爱的老公找小姐被警察抓住并通报单位之后，她就像变了一个人，她一遍又一遍地去简陋的手术室，去了之后又复发，再去，再复发……终于她离婚了，她说她已经是个没有尊严的女人了。

离婚的不只是她，让我惊讶的是，连新婚的大军和风玲玲都吵着要离婚。无休止的吵架，审美疲劳、磨合不够带来的烦躁让他们险些再次去民政局。

爱情能让人忘记时间，时间也能让人忘记爱情。

从西安回来又过了几天，我好像已经好多了，我是谁啊我是李狂，我的心智太高了，我想我可以控制自己的情绪，哪怕伤害是那么那么的大。再说年后我可能要去北京了，在更高更蓝的天空中翱翔，忘掉这座城市带给我的忧伤。可是说实话，现在我没做任何准备，因为我实在提不起兴趣，我已经给北京那家企业的人事部打了电话，表示这边还有很多工作没有交接完，要求延迟一个月报到。

王辉，就是那个刀疤脸居然又给我打电话恶狠狠地说要谈谈，我想还是不要再谈了吧，对方明显是个混子，我就要离开了，犯不上为一个我不是特别喜欢的谷矜去打架。

可是，他却找上门来了。

下班后我没心情走，就在办公室里发呆了好一阵子，不时摆弄下手机，潜意识盼望未未会打来电话发来短信呢，我真是个贱货。

已经很晚了，长长的人民路一片绚丽的光影。我懒散地下了电梯，出门也懒得坐车，只是有一搭无一搭地往前走着，脑袋里想着以前。还记得那次也是一个冬天，下了班我也是这样百无聊赖地走着，大概那天我在思考什么创意吧，突然我的背后被人拍了一下子，居然是一个美女，和未未长得好像。美女说帅哥知不知道青泥洼桥怎么走，我说知道啊，我就告诉她该怎么走，她撒娇说人家还是不知道怎么走嘛你能不能带人家去啊。我当时倒很想帮这个嗲嗲的美女一个忙，但我已经约了未未，我们约的地方在相反的方向，于是我很礼貌地说对不起我不能陪你去。后来才知道那女的就是未未的表妹，故意来考我的。靠，连表妹都那么多疑，家族遗传病吗？好在我当时心里想的都是工作上的事，并无什么歪念。

想想这些事我忍不住微笑了一下，但又立马阴沉了下来。要是现在再有什么美女拍我的肩膀要我带路，我肯定义不容辞啊。

“啪！”

刚想到这我的肩膀就被重重地拍了一下。不会吧，我转过头去，随即感到一股巨大的冲击力，脸部已经重重地挨了一拳，嘴角立马就感觉到了咸味，我倒在了地上，隐约看到有个人在发狂地踹我。我无法站起来，但还是敏捷地抓起地上一块零散的方砖挡了一下，正好挡了一下那个人的脚，大概是寸劲又或者那个人太急了被我挡的这一下差点弄崴了脚，坐在地上边揉着脚边骂骂咧咧。

“我弄死你。”

果然是刀疤脸。

我也坐起来了，鲜血把未未给我买的那件羽绒服弄脏了，我擦着血，奇怪，拳到脸之后我反而不害怕了。王辉也坐在地上，呼哧呼哧地喘着，稍微缓了一点马上又站起身追着我打，就像三天没吃饭的乞丐看到了地上的一块面包。

这段时间我已经冷静了许多，急中生出了不少智慧，我手上还拿着那块方砖用尽全力回身乱拍，王辉后退了几下，这让他暂时停下来，我趁机高声喊道：“王辉，如果你把我打伤了就会被警察抓，你就可能永远不会和谷矜复合了。”这时候旁边已经有几个路人围过来观看，王辉的肾上腺素可能暂时被耗尽了，他折腾累了听了我这话就顺着台阶停了下来。

此时的我已经完全冷静了，我谨慎地看向四周，确定王辉是一个人来的并没有小弟之类的帮手就放心了。江湖事江湖了，他不过是个色厉内荏的小混混，我打算用我的方式来降服刀疤脸。我朝那几个看眼的吼道：看什么看，滚！

王辉恶狠狠地吼道："你妈的，堵到你了吧，我就不信你能不来上班。"

我刚想问你怎么知道我单位但马上又想这问题多幼稚啊，我都能找到谷矜的公司他王辉找到我的公司应该是很容易的事，事实上百度一下我的名字就可了。

我淡定地说："这条路上有天网，你刚才所做的全部都已经被拍摄下来了。"

话音刚落王辉更气不打一处来了，他紧走几步啪啪又是几巴掌打向我，都被我用胳膊挡了回去。我边挡边说："要是打架没几分钟警察就来了，你敢不敢和我谈谈。"

"我就想弄死你。"说完王辉又过来了。

我突然站住了："王辉，你不就想出气吗，我让你出了这口气，但你别把我打死，因为我真的很想和你谈谈。"说完我就站定了，闭着眼睛。

王辉愣了一下："你他妈跟谁装呢。"但是这次他没再动手，而是过来把我摁到墙角，不知道什么时候手里已经拿了一把刀顶着我的脖子："我他妈问你，你跟她到哪一步了？"

说不害怕是假的，但那个时候不能胆怯，一胆怯气就松了。我仍然装作很淡定地说："你这一刀捅下去，可能只能在监狱里见小谷了，而且，她还未必肯去探监。"我故意用了"小谷"而不再是"矜矜"。

"我今天肯定弄死你。"王辉一使劲把刀尖抵到了我的肉中。

"你也太没自信了，她只喜欢你一个人，我没动她。"好汉不吃眼前亏啊，我那个时候要是对他稍有刺激，也许就会横尸街头。

王辉把刀往后撤了撤，吼道："你再说一遍，有没有？"

我豁出去了，推了王辉一把，怒吼道："王辉，亏你妈的还比我大，你丢人不丢人啊，你问别人自己女朋友有没有跟他那个。我说了我没有，我干吗要跟你女朋友那个啊，我是跟她吃过饭，但是之后就送她回去了。你女朋友在吃饭的时候每三句话就有一句提到你，她能跟我吗，你疯了吗？"

"那你那天为什么那么说？"

“我是故意气你的，我要是真上了她我敢告诉你吗，我不害怕有今天吗？”我撒谎越发理直气壮。

“那天她刚打完胎，听说你他妈就找上门来了。”王辉说。

我心里一动，难道就是我用100块帮谷矜打车那天？难怪她像病了似的，而且对我不理不睬，刚把孩子打掉啊。

“我也是偶然碰上的。”

“滚，我怎么就没那么偶然。”

“真是偶然的，我去川外川吃饭那天。”我解释。

冬天的街头节日的气氛只剩下一点点残渣，更多的是败雪、乱屑、恶风和黑暗。

王辉的眼睛里刹那间涌上忧伤和绝望，突然松开了我，将手里的刀狠狠地砸到了地上，略带哭腔地吼道：“谷矜你怎么就不要我了！”

他撇下我，踉跄着漫无目的地朝前走，行尸走肉般，一会儿就晃晃悠悠地走在了车道上，后面全是喇叭声。我心一软，这多像分手第一天的我啊，我特想大道上能有一台蛮横的车将我撞飞，如果死了不就不痛了吗？

我灵光突现，突然做了一个连我自己都惊讶的决定。

我猛地跑过去揪住王辉的衣领就是一个大嘴巴子，结结实实的。王辉回头一看是我大怒道：“我放你走你他妈还活腻了是怎么着？”说完就是一脚。

我纹丝没动，冷冷地说：“我这一巴掌就是要打醒你，你还不知道谷矜为什么对你那样吗？”

也许是我的冷酷气质镇住了他，这小子忍不住问了一句：“你说为什么？”

“因为你在关键时刻无法征服她。”

“什么叫关键时刻？”王辉眼睛里充满了疑惑。

我冷冷地瞅了瞅在我衣服上的他的手，王辉居然松开了。

我冷笑了一下：“刚才就是关键时刻，一个男人最吸引女人的地方就是他在关键时刻像不像男人。你刚才不像男人，尽管你的拳头打伤了我的鼻子，可是你输了，你输了所以你才打人。”

我知道王辉很想再说句“他妈的我还就打你了”，可是在我的冷笑下他还是没说出口，那句脏话换成了：“你想说什么？”

“哼，你猜。”

王辉眼里突然没有了黑社会那样的凶悍，在冬日的夜晚，在灯火通明的主干道边，一个很像混混的混混突然对一个身体并不强壮打架根本不是对手的情敌做出了一个让人震惊的举动。

王辉居然跪下了，而且跪得是那么干脆。

一个大男人，一个特狠的大男人，眼泪止不住地往下流：“李狂，我知道我没出息，今天我是第一次给一个人尤其是一个男人下跪。我要告诉你我爱谷矜，不能没有她，你放放手吧，我看出你根本不爱她，可是你占据着她的心。”

即便在情场经历颇多的我开始也被吓到了，可是之后是感动，为他也为我自己感动。虽然我没有给林未未更不可能给王志彪下跪，可是我记得未未告诉我她怀孕时，我对她说要带她打掉孩子然后娶她，我认为这和王辉的跪在本质上是一样的，那就是为了爱，为了自己最深爱的人可以放弃面子，放弃一切。林未未和谷矜一样都是幸福的女人，也都是小贱，身在福中不知福的贱货。

我急中生智：“你起来，起来王辉，起来我教你怎么样和谷矜复合。”

我连拉带拽拉起了这个痴情傻男人。

“你真是太傻了王辉，你真的不知道吗谷矜其实喜欢的是你，她根本就不喜欢我。”

“打掉孩子后，有一天我们吵架了，她说那天晚上她和你在一起。”王辉问。

我想起来了，那天，她主动给我打的电话。妈的，跟男朋友吵架就报复。想想这事也挺美，我也是受益者啊。但我的心情马上又灰暗了下来，我的林未未，会不会也是因为“小强”事件对我产生了误会，然后，找了王志彪报复我呢？肯定有这个原因。想到这儿，我禁不住再次想起未未对我说过的一句话：如果你背叛了我，我会以十倍的背叛来报复你。

我不寒而栗。

“她是给我打了电话，我还请她吃了顿饭，不过接下来就没什么了。但是在谈话间我可以感受到她是那么那么的爱你。”我还是不能说出真相，但也说了一部分事实：我知道为什么第二天一早谷矜在接到一个电话后就对我不冷不热，因为那个电话是王辉打的，她真的还是那么的爱王辉。

“你说什么？”

“她对我做的一切以及在你面前强调她如何喜欢我那都是故意气你，难道你傻到看不出来？”

“你怎么知道？”

“我当然知道，旁观者清啊。”我几乎是在给两个人说合，那是因为我很想积德，我不忍心让王辉继续伤下去，但我不知道这是积德还是作孽，也许对于谷矜是给她幸福，但对于王辉简直是把他往火坑里推。

我和王辉居然十分谈得来，那一夜我们上演了极为荒诞的一幕，刚刚打完架还发生过流血事件的两情敌，居然在事情发生几十分钟之后肩并肩走到一家饭店握手言和称兄道弟。

我们真的很投缘，我本身有几分痞气，而王辉在混混里还算有头脑有文化的，我们又有共同的经历，都曾那么那么的不想结婚……

最后分别时我送给王辉一句话，如果不说这话我会一生难安：“辉哥，谷矜不值得你去爱，她配不上你，因为她不懂得珍惜。”

王辉愣了三秒钟，然后哈哈大笑离去……

这是我最后一次见到王辉，很久很久之后有一天大军告诉我，王辉又重新追回了谷矜，但不久大军又在街头看到王辉搂着另一个女孩狂吻。

“李狂，现在只有你才能帮助我了，帮我其实就是帮你自己啊。你不会眼睁睁地看着你的情敌和你最爱的人舒舒服服地过日子吧？”

二十五

分手这些天蓝女至少给我打了20遍电话，几乎全部被我挂掉。可是那天一大早，我接了她的电话：“李狂，我有很重要的事情要对你说，我知道你现在很苦，难道你想一直难过下去。”

“我一点也不苦。”

“别装了，我最理解你了。真的，我有很重要的事情要跟你商量。”蓝女急切近似于央求的语气。

“好吧。”

我选择和蓝女见面的地方是和林未未分手的那家休闲小站，这叫“洪水疗法”，越是不敢面对越要面对，习惯了就好了。这道门我迟早要过，我不想逃避。

蓝女显然是经过了精心的打扮，好像我们俩在相亲。我点了分手那天点了但没喝的奶茶，蓝女只要了一杯白水。

“我要去北京工作了。”

“真的？”蓝女对我的第一句话就很感兴趣。

“奥美广告，创意师。”

“真棒，我早说你很棒。”

“是吗？我记得你一直在说王志彪很棒啊。”

蓝女尴尬地笑笑：“那还不是为了在未未面前更有面子。”

“蓝女，这些天我一直拒绝跟你见面，但是我知道我们迟早要见一面。”

“这就对了，因为我们俩有共同的仇人。”

“事情你全都知道了吧？”我问。

“应该是全知道了，可能有的你不知道我也知道。”

“什么事情？”

“李狂其实我早就想跟你谈谈，在你们俩还没完之前就想找你，但那个时候实在没有机会。”

“你说啊。”其实在此之前未未和蓝女是最好的朋友，起码是最近的朋友，又是同事，彼此了解，我十分想知道我哪里做得不够好让未未那么绝情，起码我知道自己的不足也可以让以后的女朋友获益。

“很早很早以前林未未就对你有意见了，你知道吗？”蓝女苦笑了一下。

“有多早？”

“你们俩分手前一年。”

“这我知道，因为没结婚因为没买大房子。”

“我们俩一个屋，我还偷偷鼓动过她离开你呢。”蓝女苦笑了一下。

“是啊，你何止偷偷鼓动，你当着我的面儿不也经常气她吗？”

蓝女尴尬地笑笑：“我那都是硬撑，我们分居两地那滋味可不好受，我只能不断地炫耀王志彪的好来欺骗自己。”

“可是你引狼入室，把林未未给鼓动动心了，你害了我们俩。当然，没准儿是救了我们俩。”

蓝女号称女中大忽悠，她立马正色道：“对，李狂，其实你真应该感谢我，如果我不那样，你们俩结婚了你觉得她以后就不背叛你了吗？”

“那倒是。”

虽然我对蓝女一直极为厌恶，但此时我觉得我跟她非常亲近，我们俩是绝对的同病相怜。再说刚才蓝女说得也有道理，我应该庆幸幸亏没娶林未未。

“其实我和你不一样的，李狂，你们还没结婚，我们俩连房子都买了，你又不是不知道。”蓝女边说边开始哭。

我叹了口气：“当初你为什么要嫁他？”

“他家里有钱啊，而且他好像还没那么多花花肠子，我年纪也不小了，嫁就嫁了。”

“我听说的可不是这样。”

“林未未跟你说了吧，好，那我就告诉你真相。当初我交了一个很不错的男朋友，就跟你和林未未差不多，可是最后时刻他离开了我，我为了报复他也为了尽快忘掉这段感情就拼命的相亲，这个时候就遇到了王志彪。”

“你相亲成功了，就开始干扰林未未？”

“这个怪我，不过女孩子在一起彼此吹一吹自己的男朋友也是很正常的事情嘛，谁知道林未未那么认真。”蓝女开始喝杯子里的水。

“有天晚上林未未和我一起去吃饭，她很反常地要了很多酒喝，喝醉了就跟我说你李狂已经背叛她了，她也要背叛你。”

“哦？大概是什么时候？”

“记不得了。但是你知道她为什么说你背叛了她吗？因为王志彪！王志彪跟她说在酒店看到你和一个女的开房间。”

已经很清楚了，那天早上我和小卉在酒店被王志彪看到的事他跟未未说了，而且指不定添油加醋怎么说呢。

我一口喝干了杯里的奶茶，大声说：“服务员再来一杯。”

“王志彪那么说林未未就相信了？”

“她是不相信啊，但李狂这点你必须承认你做得不够好。”

“怎么不够好了，王志彪凭什么说我跟人家开房间？”我心虚地反驳。

“王志彪是够狠，但也算你够倒霉你知道吗，你去的那家酒店正好是王志彪最熟悉的酒店，他姐夫在那儿当经理。他回大连一般住在我们合租房的旁边那间，然后每次都去那家酒店开发票回北京报销。他那天居然把你在酒店开的账单都给拿来了，上面有你的身份证号码和签名，林未未气得不行了，从那天就说一定要跟你分手。我还劝她呢，但她很有主意，还嘱咐我和王志彪谁也不许把这件事告诉你。”

我真傻，自以为神不知鬼不觉的。我记得那天早上林未未肚子痛我还回她合租房安慰她呢，原来这事之后没多久她就知道了。

“为什么她不让你们跟我说呢？为什么她不直接跟我分手呢？”

“这就是这个女人的高明之处啊李狂，这一点她比你我都高。你说如果那个时候她因此对你提出分手，她自己能受得了吗，她该多痛苦啊，她这样做是准备自己慢慢抽身慢慢忘掉你。我敢说从那一刻起她就准备物色一个人，她想通过爱上这个人，起码是对这个人有点依恋感来忘掉你啊李狂。我当时就知道了她怎么想，可是我没想到她会这么不义对我老公下手。”

我不知道该说什么好，的确未未嫌贫爱富，可是这一切之初居然是因为我和小卉的那次出轨。报应，报应啊，活该。可是，我不就那么一次吗？这些年来我那么爱未未，为了她省吃俭用好帮她实现大房子的梦想，我，我……

“不过林未未也挺不容易的。”蓝女叹了一口气。

我看着蓝女等待下文。

“她家里条件一般，爸爸又得了重病，唉，我们家大彪子那次给未未送了 20 万块钱。”蓝女叹道。

已经在我的意料之中了，我摇摇头，林未未是苦的，那个时候王志彪给了她最需要的，唉，这个是我最缺少的。

我们聊得十分尽兴，蓝女过去也算林未未的闺中密友，关于我的错误对我的不满未未经常跟蓝女抱怨的，这次蓝女全都告诉了我。我真后悔没早点和蓝女出来谈谈，绝对有收获，我的一些在女孩眼里的缺点如果不告诉我我自己永远都无法发现，我该替我未来的女朋友（或者女朋友们）谢谢蓝女。

蓝女接着开始大骂王志彪和林未未不讲究不仁义，的确，她骂得有道理，坏尚可原谅，但是不仁不义走到哪儿都会被唾弃。

“告诉你一个好消息。”蓝女恨恨的眼神里似乎有了一丝快乐。

“什么好消息？”

“王志彪是个乙肝携带者。”

“什么？你怎么知道？”

“废话，李狂，我是他老婆啊！”

“那你？”

“我早已扎过了疫苗，但林未未不一定会被传染。”

“为什么？”

“人家小心着呢，不会戴套子吗？”

“最后那天，我看到了她的化验报告，她被传染了。”我平静地说。

“真的啊。”蓝女高兴得跳起来，喝了一大口水。

可是我幸灾乐祸不起来，心情愈发沉重。

我更恨王志彪了，明知道自己有乙肝还不采取措施。我告诉了蓝女林未未怀孕了，蓝女开始不信等信了之后更高兴了，有点兴奋地说：“太好了，太好了。”

我怒道：“什么太好了？”

“这是多有力的证据啊。李狂你说你恨不恨他们俩？”

“当然恨！”

“那么你希望他们俩幸福吗？”

我犹豫了，我很希望看到王志彪落魄，希望看到未未不幸福，可是每次我在梦里梦到未未失魂落魄的悲惨境地时都会被吓醒。

“这种不讲究的人不值得我们可怜。李狂你被人欺负到这步田地了还心疼林未未吗？”蓝女的眼泪又下来了。

“当然不会，我非常希望他们俩倒霉，然后看着我很幸福。”

“那你帮我啊。”

“我怎么帮你？”

蓝女这才说出了找我的真正原因：“李狂，我们俩现在正在闹离婚呢，你知道吗，这个王志彪平时老实可是到了关键时刻就暴露本性了。林未未跟你分手的当天下午他就把我们家在我手里的所有存折全部挂失，现在他还想要我们俩的这套房子。”

这一瞬间我终于有点幸灾乐祸，这套房子害得我和未未多惨啊，从交定金到交房子到装修，蓝女利用这套房子的每一个细节来刺激未未。现在好了，装修精美的房子倒成了他们俩的心病。不过马上我就又有些担忧，这房子一旦判给了王志彪那岂不是会成为他和林未未的欢乐窝？

“你说吧，我怎么才能帮到你？”

“现在他不肯承认有了外遇，如果你有证据证明他和林未未有染，那么他就是过错方，也许法院就不能把房子判给他。”

“可是我怎么找到证据？如果法院需要我可以给你们做个人证。”

“人证还不够，最好有林未未承认他和王志彪有奸情的录音或者录像，照片也可以。对了，你不是认识联通的人吗，能搞到他们的电话记录吗？”

“能搞到但不可能拿来做证据，因为搞到这个是违规的。”

“你知道林未未在哪里打胎吗？”

“不知道，她不肯让我陪她去。”

“那么，你能给林未未打个电话吗？引诱她承认和王志彪有问题。这份录音就是最好的证据了。”

“这，这个，这行吗？”

“李狂，现在只有你才能帮助我了，帮我其实就是帮你自己啊。你不会眼睁睁地看着你的情敌和你最爱的人舒舒服服地过日子吧？”

我仰望天际，那一刻我真的看到了星星……

二十六

我让大军问风玲玲能否搞到电话记录，风玲玲说这是违法行为，但大军借给了我一个电话录音器，连接到电话上可以很清楚地录到通话声音。

我鼓起勇气再次拨通林未未的电话，可是在这个王志彪和蓝女离婚的关键时期她似乎警惕性非常之高，要么是“没事儿我挂了”，要么是“以后别找我了”就匆匆挂掉。发短信也不回，我很清楚林未未很聪明，她不会在这方面被人抓住证据的。

这几天苏菲不停地给我发邮件，全是她和各种男人的合影，拍得不错，我心微微酸但还是在回复中和她开玩笑：“不错啊，我拿这些照片做广告资料了。”

风玲玲居然怀孕了，这才结婚几天啊，两个人立马不吵了，又和谈恋爱那会儿一样黏黏糊糊了。大军整天老婆长老婆短的，审美暂时不疲劳了，至少在孩子一岁之前他们俩是肯定不会离婚的。

小卉离婚的善后事情一点也不顺利，最不顺利的是他们的房子是贷款的，两个人无法合理分财产。

帮蓝女找证据，开始我是很积极但总觉得这样做不敞亮不爷们儿，也对不起未未，所以嘴里答应着但实际行动很少。其实我也该忙一忙自己的事了，马上我就要去北京报到了，我得好好做功课，仔细准备。

我正在家漫不经心地陪老妈吃饺子，电话一个劲地吵，是蓝女的。

“李狂你在哪儿，能来一趟吗？”

“来哪儿？”我愣了。

“来皇朝大酒店，就是你和那个女的开房间那家酒店。我看到了，我看到他们俩了。”

“真的，你怎么发现的？”

“今天是他生日，他肯定回来，我就守在酒店门口果然被我发现了。两个人进去了，我有相机，你手机不是也能拍照吗？来帮我，我只要几张照片就行。”

“我在家，要不你自己去？”我犹豫着。

“李狂啊，我自己去那王志彪还能让我顺利的拍照吗？他们俩现在可能正在酒店里干见不得人的勾当呢，你快来啊。”

这话一下子又戳到了我的痛处，我想象着他们俩在床上翻滚时的样子，火一下子就上来了：“好，你等着。”

我用最快的速度吃了两个饺子，告诉老妈单位有急事，然后冲下楼梯招手拦了出租车直奔酒店。

这酒店离我家不太远，不出十分钟我就到了。蓝女早在门口急切地张望着，看到了我马上冲了过来拉开车门就往车上跳，说：“别下车，快，你看前面他们俩打车出门了。”

我顺着她的手指，果然，这对狗男女正手拉着手走上一辆出租车。王志彪还是那副打扮，未未似乎把头发给剪了，那件大衣是新的，肯定是王志彪给她买的。

我更生气了，把车门关上，说：“师傅，帮我们跟着前面那辆车。”

那个开出租的显然不太愿意，“兄弟，我不是007啊，你要跟找别人吧。”

此时的我已经怒发冲冠，前面那辆车已经启动了，我从钱包里掏出一张百元大票往司机身上一扔，很酷地命令了一句："开车！"

前面那辆车上两人很亲密地靠在一起，林未未还是按习惯坐在了司机后面的座位上。我妒火中烧目不转睛地看着，嘴里只说一句话："跟紧点，跟紧点。"我在想象着他们下车后一定要拍到亲密的样子，等拍足了一定豁出去，打王志彪一顿，把他按在下面问问他为什么那么卑鄙。

但不爽的是他们俩好像发现了我和蓝女在跟踪，有一条路灯很亮，司机跟得又太近了，林未未在车里指着我们这辆车跟王志彪说了些什么，之后他们的车的速度就明显加快了，而且总是在绕道走。

此时的我像一个快输掉全部家当但还存最后一丝希望翻盘的赌徒，我渐渐失去了理性，眼睛里充满了血丝，又从钱包里掏出两张大票在司机面前晃了晃："只要今晚跟紧了他们，你就可以收工了。"

两辆素昧平生的出租车开始了市内大飙车，已经很明显了，双方都没有退路，如果他们俩下车，必定遭遇愤怒到极点的我和蓝女的质问甚至厮打，而我们俩找到并堵到他们一回太不容易了。我马上要去北京了，以后恐怕更没机会了，况且我现在怒火中烧，如果不追到心头之恨怎能平？分手这些天的苦楚和愤怒向谁发泄？

两辆车谁也不让谁几乎绕市内一圈了，蓝女手里拿着相机准备随时拍照取证，我在副驾驶上怒目圆睁，那个司机都不敢跟我说话。很快，前面那辆车上了快速路，晚上，尤其是那天晚上车很少，两个司机铆足了劲加大油门，我看了一眼速度表已经超过 120 了。

当时我心中只有一个念头就是追上他们，追到他们下车为止，可是，我真的没有想到故事的结局。

几秒钟之前，我们的车已经被甩开了距离，但是快速路上突然从反道拐过来一辆无辜的摩托车，王志彪和林未未那辆车的司机大概是累了或者饿了，等发现时已经晚矣。冬日的夜空划过一道怖人的急刹车声音，一辆快疯了的出租车撞飞了那辆横行霸道的摩托车，然后继续很不情愿地向前、向前，直到撞到右边的护栏，一个肥硕的身躯毫无商量地从车里冲了出来，划出一道完美的抛物线，然后砸碎了远处一段静静的护栏……

我们的司机已经被拉下好远，可是还是拼命地拼命地踩住刹车才没有吻到前面的屁股。蓝女手里的相机早已飞到了前面，她的手臂遭到了猛烈的撞击，副驾驶的我和司机一起拱碎了前面的挡风玻璃，分不清是谁的血在咕嘟咕嘟地流。我们三个在车里惊魂未定地喘着粗气，过了几秒钟，我听到了刚才还狠话不断的蓝女那撕心裂肺地尖叫：“老王，你不能死啊！”

……

我的头缝了十几针，所幸无碍，老天爷还算公平，我的心刚遭受炼狱般的痛苦，如果我的身体再受重伤就太不义气了，蓝女手臂的伤也很快没事了；我们的司机和我一样幸运，不过前车司机的妻子却将永远记住这个冬夜，因为这一天她老公永远地走了；林未未长年坐司机后面座位的习惯终于让她大难不死，她居然是我们几个人当中受伤最轻的，甚至比我和蓝女受的伤都轻；但她的霉运全都给了王志彪，老王的腰遭到了重击，他的下半身也许将永远没有知觉了。

在车里等救援的我捂着脑袋上的血脑海里生出的第一个念头居然是，当初王志彪曾发过誓，如果背叛蓝女就被车撞死，未未还为此好顿感动。

林未未照顾了王志彪一个月，端屎端尿的一声不吭。一个月之后她走了，留下一万块钱和一封信，其实就是一张字条：“老王，我走了，原谅我。”

我第一次对蓝女肃然起敬，那天晚上是她第一个报警救了我们，她以往的那些怨恨那些恶毒那些嫉妒那些势利好像随着那次刹车一起杀掉了。从她能活动开始就默默地照顾着王志彪，从没抱怨过一次。林未未只坚持了一个月就闪人了，王志彪看到纸条后有些难过，蓝女抱着他说：“老王，从今往后我照顾你一辈子，只要有我，你就不会受委屈。”

我恨过的王志彪泪如雨下，颤抖着问出三个字：“为什么？”

蓝女大哭道：“因为我们是夫妻啊。”

我不确定蓝女到底能照顾王志彪多长时间，反正，有一次已经在北京如鱼得水干了好几个月的我回来看他们，蓝女正在给王志彪吸尿，因为大夫说他必须按时排尿但王志彪下面已经麻木。

那一刻我居然会流出眼泪，一个是我讨厌多年的臭娘儿们，一个是与我有夺妻之恨的情敌，我居然会为他们流泪。

苏菲已经正式在北京发展了，她的工作居然是平面模特，专门供人家拍照。苏菲爸爸的实力差不多可以开一百沓摄影社了，可是苏菲说她就是不想靠她爸吃饭，在北京自食其力挺好的。

我略有些高兴，起码我知道了那些照片不是苏菲和她的男朋友们了。

有天夜晚，夜色很迷人，我请苏菲去后海，我们喝了好多好多，充满醉意的我送她回家，在她的强烈要求下，我讲了好多笑话，我们在路上笑着闹着哭着乐着。突然，月光下某一份迷乱的情绪触动了我一根尘封已久的神经，我说："再跟你讲个笑话吧，准黄色的。"

苏菲笑嘻嘻的，手搭在我的肩膀上："说啊哥们儿，兄弟间交流黄色笑话不很正常吗，快说啊。"

我清清嗓子："由于房间紧张，有同出差的一女和一男住在一间房一张床，女的在中间划了一道线，说：'你晚上要是越线就是禽兽。'第二天早上，男的根本就没有越线，女的气呼呼地打了男的一耳光，说：'你连禽兽都不如。'"

正如我想象和期望的那样，我说完后的 0.01 秒钟，苏菲用尽了差不多能用的全部力气，让她的右手和我的左脸合作发出了一声惊天动地的巨响，随之而来的是一句久违了的话："禽兽不如！"

我仰望天际，那一刻我真的看到了星星……